長安的荔枝

The Litchi Road

馬伯庸｜著

高寶書版集團

序言

承蒙馬伯庸先生委託，讓我為《長安的荔枝》作序。馬親王的著作，經常帶來現象級的影響，這種影響並不局限於文學界，還涉及影視、旅遊、地方文化建設等方方面面，馬親王的巧思和他對現實的關懷，以及滲透骨髓的幽默感、對史料和細節的孜孜以求，皆是他成功的原因。

除此之外，馬伯庸把他對歷史的熟稔與現實關懷結合在一起，因而文筆能直擊人心。寫的是古人，卻經常讓讀者看到自己。這部《長安的荔枝》就是如此。

一連串跌宕起伏的故事次第展開，嚴絲合縫，令人無法釋卷，這是我們熟悉的馬親王風格。

但與以往不同的是，這本書也是古裝版的職場小說，是一個職場「社畜」力爭上游的故事。故事開頭，一個苦哈哈的房奴李善德出現在讀者面前，他要在大城市買房，要貸款，由此改變了他的人生——他要為稻粱謀，而且是每天有數的稻粱。看到這裡，相信一些人的臉上已經出現苦笑。也正因為要積極為稻粱謀，所以李善德輕易就被中階主管捏住要害，主管用陰招將他送上去嶺南的路，去完成那個顯然不可能完成的任務——為皇帝遞送新鮮荔枝。他甚至要為最壞的結果打算——命喪黃泉之前與妻子離婚，讓妻子、孩子規避債務。直到杜甫告訴他一個老兵的勵志故事，才讓他下定決心向前走。

小說裡那些通天陰謀與暗殺，是一般人一輩子不會遇到的事情，但整個小說的核心是那麼真實，直接洞察人性，小說圍繞著複雜的唐代職官結構和行政運作機制展開，許多名詞估計多數讀者聞所未聞，但讀起來深入人心，不用明白每個詞的含義也有股莫名的熟悉感，因為，這個「大盤」背後蘊含的機理是共通的。各種利益的博弈、管理層內部的矛盾、職場的情商、不得已的違規，甚至還有不斷修改需求的「甲方」。閱讀每一行字，都像是在閱讀自己。看到「流程是弱者才要遵循的規矩」、「連做噩夢都在工作」，誰不苦笑？

但是與此同時，還有一種精神讓人衝破這一切阻滯，那就是豁出性命守護珍視之物所引發的衝勁，讓我們不至於最終活成自己討厭的樣子。李善德就是憑藉這種精神，對得起職責，更對得起家人。文學需要宏大敘事，但也需要這些小人物的細節，讓讀者體味貫穿古今的共通性，更容易與古代的「自己」共鳴。

一如既往，馬親王對各種歷史背景及細節的深入了解和呈現，讓我這個專業歷史學者甚為敬佩。他說這本小說受到我的小文影響，實在愧不敢當。那篇小文寫於多年前，現在看來，史料和邏輯有些瑕疵，但基本上觀點未變，即貴妃荔枝來自嶺南，不計成本地運輸才能夠達到平常無法達到的效果。受馬親王的影響，我準備把那篇小文修改成正式的論文，以饗讀者。

是為序。

于賡哲[1]

二〇二二年八月二十八日

1 于賡哲，歷史學教授。

一

消息傳到上林署時，李善德正在外頭看房子。

這間小宅只有一進大小，不算軒敞，但收拾得頗為整潔。魚鱗覆瓦，柏木檁條，院牆與地面用的是鄠鄠產的大青磚，磚縫清晰平直，錯落有致，如長安坊市的布局，有種賞心悅目的嚴整之美。

院裡還有一株高大的桂花樹，儘管此時還是二月光景，可一看那伸展有致的枝椏，便知秋來的茂盛氣象。

看著這座雅致小院，李善德的嘴角不期然地翹起。他已能想像到了八月休沐之日，在院子裡攤開一條毯子，毯角用新豐酒的罈子壓住，夫人和女兒端出剛蒸好的重陽米錦糕，澆上一勺濃濃的蔗漿[2]，一家人且吃且賞桂，何等愜

2 蔗漿，即甘蔗汁。

意！

「能不能再便宜點？」他側頭對陪同的牙人[3]說。

牙人賠笑道：「李監事，這可是天寶四載的宅子，十年房齡，三百貫已是良心至極。房主若不是急著回鄉，五百貫都未必捨得賣。」

「可這裡實在太偏僻了。我每天走去皇城上直[4]，得花小半個時辰。」

「平康坊倒是離皇城近，要不咱們去那兒看看？」牙人皮笑肉不笑。

李善德登時洩了氣，那是京城一等一的地段，他做夢都不敢夢到。他又在院子裡轉了幾圈，慢慢調整心態。

這座宅子位於長安城南邊，朱雀門街西四街南的歸義坊內，確實很偏僻，可也有一項好處——永安渠恰好在隔壁坊內，向北流去。夫人日常洗菜漿衣，不必大老遠去挑水，七歲的女兒熱愛沐浴，也能多洗幾次澡。

買房的錢就那麼多，必須有所取捨。李善德權衡一陣，一咬牙，算了，還是先顧夫人孩子吧，自己辛苦點便是，誰叫他住在長安城呢。

3　牙人，即買賣仲介。
4　上直，即上班。

「就定下這座宅子好了。」他緩緩吐出一口氣。

牙人先恭喜一聲，然後道：「房東急著歸鄉，不便收糧穀，最好是輕貨金銀之類的。」

李善德聽懂他的暗示，苦笑道：「你把招福寺的典座[5]叫進來吧，一併落契便是。」

一樁買賣落定，牙人喜孜孜地出去。過不多時，一個灰袍和尚進入院子，笑嘻嘻地先合掌誦聲佛號，然後從袖子裡取出兩份香積錢契，口稱功德。

李善德伸手接過，只覺得兩張麻紙重逾千斤，兩撇鬍鬚抖了一抖。

他只是一個從九品下的小官，想要拿下這座宅子，除罄盡自家多年積蓄之外，少不得要借貸。京中除兩市的櫃坊[6]之外，要數幾座大伽藍的放貸最為便捷，謂之「香積錢」。當然，佛法不可沾染銅臭，所以香積錢的本金喚作「功德」，利息喚作「福報」。

李善德拿著這兩張借契，從頭到尾細細讀了一遍，當真是功德深厚，福報

5 典座，佛寺中專司食宿等雜事的人。

6 櫃坊，類似今日的金融借貸機構。

連綿。他對典座道：「大師，契上明言這功德一共兩百貫，月生福報四分，兩年還訖，本利結算該是三百九十二貫，怎麼寫成四百三十八貫？」

這一連串數字報出來，典座為之一怔。

李善德悠悠道：「咱們大唐〈雜律〉裡有規定，凡有借貸，只取本金為計，不得回利為本。大師精通佛法，這計算方式怕是有差池吧？」

典座支吾起來，訕訕說許是小沙彌抄錯了本子。

見典座臉色尷尬，李善德得意地捋了一下鬍子。他可是開元十五年明算科出身，這點數字上的小花招，根本瞞不住他。不過他很快又失落地嘆了口氣，朝廷向來以文取士，算學及第全無升遷之望，一輩子待在九品，他只能在這種事上自豪一下。

典座掏出紙筆，就地改好，李善德查驗無誤後，在香積錢契上落下指印與簽押。接下來的手續便不必他操心，牙人自會跟招福寺取香積錢，與房主交割地契。這宅子從此以後，就姓李了。

「恭喜監事鶯遷仁里，安宅京室。」牙人與典座一起躬身道賀。

一股淡淡的喜悅，像古井裡莫名泛起的小水泡，在李善德心中咕嘟咕嘟地浮起。十八年了，他終於在長安城擁有一席之地，一家人可以高枕無憂了。

庭中桂花樹彷彿提前開放一般，濃香馥郁之味撲鼻而來，浸潤全身。

一陣報時的鼓聲從遠處傳來，李善德猛然驚醒。他今日是告了半天假來的，還得趕回衙署應卯。於是他告別牙人與典座，出了歸義坊，匆匆朝皇城方向走去。

坊口恰好有個賃驢鋪子。李善德想到他今天做了如此重大的決定，合該慶祝一下，便咬咬牙，從錦袋裡摸出十枚銅錢，想租一頭健驢，可又想到接下來背負的巨債，最後收回三枚，只租了頭老驢。

老驢一路上走得不急不緩，李善德的心情隨之悠悠蕩蕩。一下為購置新宅而欣喜，一下又為還貸的事情頭疼。他反覆計算過很多次，可每次一有閒暇，又忍不住再算一遍。李善德每月的俸祿折下來只有十貫出頭，就算全家人不吃不喝，仍填不滿缺口，還得想辦法搞點外財才行。

但無論如何，有了宅子，就有了根基。

他是華陰郡人，早年因為算學出眾，被州裡貢選到國子監專攻《算經十書》，以明算科及第，隨後被銓選到司農寺，在上林署[7]裡做監事。雖說是個

7 司農寺，唐朝九寺之一，掌管糧食、倉儲、祿米等事宜；其下設四署，上林署為其一，專司園林、蔬果。

冷衙門的庶職，倒也平穩，許多年就這麼平平淡淡地過了。

這一次購置宅第，可以說是李善德多年來最大的一次舉動。他今年已經四十二歲，覺得自己有權憧憬一下生活。

李善德抵達皇城之後，直奔上林署。那裡位於皇城東南角的背陰之處，地勢低窪，一下雨便會積水，所以常年散發著一股霉味，窗紙與屏風上總帶著一塊塊斑漬。

午時已近，一群同僚在廊下吧唧吧唧地會食。他們見到李善德，紛紛放下筷子，熱情地拱手施禮。李善德有點驚訝，這些傢伙什麼時候變得如此多禮？他正迷惑不解，卻見上林署令招招手，示意他坐到自己旁邊。

劉署令是個大胖子，平日只對上峰客氣，對下屬從來不假顏色。他今天如此和藹，讓李善德有點受寵若驚。李善德忐忑不安地跪坐下來，低頭看到諸色菜肴，更覺得古怪。

燉羊尾、酸棗糕、蒸藕玉井飯，居然還有一盤切好的魚膾，旁邊放著橘皮和熟栗子肉搗成的蘸料——這午餐未免太豐盛了吧？

劉署令笑咪咪道：「監事且吃，有椿好事，邊吃邊說與你聽。」李善德有心先問，可耐不住腹中飢餓，這樣的菜色，平日也極難得吃到。他先夾起一片魚膾，蘸了蘸料，放入口中，忍不住瞇起眼睛。

滑嫩爽口，好吃！

劉署令又端來一杯葡萄酒。李善德心裡高興，長袖一擺，一飲而盡。他酒量其實一般，一杯下肚，已有點醺醺然。這時劉署令從葦席下取出一軸文牒：「也不是什麼大事，內廷要採辦些荔枝煎，此事非讓老李你來擔當不可。」

上林署的日常工作，本就是為朝廷供應各種果品蔬菜。李善德把嘴裡的一塊肥膩羊尾吞下，用麵餅擦了擦嘴邊油漬，忙不迭把文牒接過去看。

原來這公文是內廷發來的一份空白敕牒[8]，說欲置荔枝使一員，採辦嶺南特貢荔枝煎十斤，著人擔當差遣，不過填名之處還是空白。李善德一看到「敕令」二字，眉頭一挑，這意味著是聖人直接下的指示，既喜又疑：「這是讓下官擔當此事？」

「適才你不在，大家商議了一番，都覺得老李你老成持重，最適合做這個

8 敕牒，君王任命官員的文書。

使職。」劉署令回答。

酒意霎時轟地湧上李善德的腦袋，他面色通紅，手也不禁哆嗦。

這幾年來，聖人最喜歡的就是跳過外朝衙署，派發各種臨時差遣。宮中冬日嫌冷，便設一個木炭使；想要廣選美色入宮，便設一個花鳥使。甚至在一年前，聖人忽然想吃平原郡的糖蟹，便隨手指設一個糖蟹轉運使，令京城為之熱議。

這些使職都是臨時差遣，不入正式官序，可因為是直接為聖人辦事，下面無不凜然遵從。其中油水之豐厚，不言而喻。像衛國公楊國忠，身兼四十多個使職，可以說是荷國之重。所以一旦有差遣派發下來，往往官吏們皆搶破了頭。

李善德做夢也沒想到，上林署的同僚們如此講義氣，居然公推他來做這個荔枝使。帶著醉意的腦子飛速運轉著：比價、採買、轉運、入庫，每個環節都有一筆額外進帳，如果膽子大一點，一口氣把香積貸還清了也並非不可能。

「真的叫在下來做這個荔枝使？」李善德仍有些不敢相信。

劉署令大笑：「聖人空著名字，正是讓諸司推薦。老李你若不信，我現在便判給你。」說完吩咐掌固[9]取來筆墨，在這份敕牒下方簽下一行漂亮的行楷，「奉敕僉薦李善德監事擔當本事」，然後推到李善德面前。

李善德當即連飯也不吃了，擦淨雙手，恭敬接過，工工整整在下方簽上自己的名字和一個大大的「奉」字。他熟悉公牘，順手連日期也寫下：天寶十四載二月三日。

劉署令滿意地點點頭，叫書吏過來，抄成三軸，用上林署印一一鈐好，分送司農寺、吏部及御史臺歸入簿檔。剩下的一軸敕牒本文，則交給李善德。從這一刻起，李善德便是聖人指派的荔枝使，可謂一步登天。

周圍同僚全無妒色，紛紛恭賀起來。這些祝賀比酒水更容易醉人，讓李善德頭暈目眩，興奮不已。他不由得走下席位，敬了一圈酒。若非正值辦公時間，他甚至想在廊下跳上一段胡旋舞。

雙喜臨門帶來的醉意，一直持續到下午未正時分才稍稍消退。李善德喝了一口醒酒用的蔗漿，跪坐在自己的書臺前，琢磨著這事下一步該如何辦理。

9 掌固，沒有官階的吏，為管理文書之職。

他在上林署做了這麼多年監事，對瓜果蔬菜最熟悉不過。其時荔枝在嶺南、桂州和蜀地的瀘州皆有所產，朱紅鱗皮，實如凝脂，味道著實不錯，只是極容易腐壞。歷年進貢來長安的，要麼用鹽醃漬，要麼晾晒成乾，還有一種比較昂貴的辦法，是用未稀釋的原蜜浸漬，再用蜂蠟外封，謂之「荔枝煎」，唯有達官貴人吃得起。以內廷之奢靡，也只要十斤便足夠了。

其實對這樁差事，李善德稍微有些疑惑。

按理說皇帝想吃荔枝煎，直接去尚食局[10]調就行了，那裡有一個口味貢庫，專藏各地風味食材；就算沒有，也可以派宮市使[11]去東市採買，東市實在無貨，一紙詔書發給嶺南朝集使[12]，讓當地作為貢物送來便是。這麼個肥差，怎麼也輪不著上林署這麼一個冷衙門來推薦人選。

李善德的酒勁消退不少，意識到這件事頗為蹊蹺。這麼大的便宜，別人憑什麼白白給你？說不定是因為時間苛刻，難以辦理。

10　尚食局，負責供應皇家飲食。
11　宮市使，專司皇家採購的官吏。
12　朝集使，為各地每年負責進京報告地方政治與財務情況的官吏。

想到這裡，他急忙展開敕牒，查看程限。

朝廷的每一份文書中都會規定一個程限，如果辦事逾期，要受責罰。但出乎意料的是，這份敕牒上的程限是天寶十四載六月一日，距今還有將近四個月，不算寬鬆，也不是很緊。無論是去嶺南還是蜀地，都來得及。

李善德鬆了口氣，決定先不考慮那麼多，把荔枝煎買到手再說。

上林署管理城外的苑林園莊，所以他認識很多江淮果商，可以拜託他們打聽一下。就算京城沒有庫存，在洛陽、揚州等地一定有。實在不行，拜託嶺南那邊一坐果，便立刻蜜醃封送。荔枝的果期早熟是四月，成熟從五月開始，勉強趕得及六月一日。

李善德拿起算籌[13]和毛筆，計算從嶺南送荔枝煎到長安的成本，怎樣運送最為快捷且便宜。但他很快又自嘲地搖搖頭，窮酸病又犯了是不是？這是替聖人辦事，不是為自己買房，朝廷富有四海，何必計較這些小數。

他勾勾畫畫了許久，忽然聽到皇城城門上鼓聲「咚咚」響起。依長安規

13 算籌，古時的計算工具。

矩，暮鼓六百下之後，行人都必須留在坊內，否則就犯了夜禁。他家在長壽坊，距離有點遠，得早點動身。

李善德收拾好東西，一樣樣掛在腰帶上，猶豫了一下，把敕牒也揣上。差遣使職沒有品級，自然沒有告身[14]，這份敕牒，便是他的憑證，最好隨身攜帶。

在鼓聲之中，他離開皇城，沿著大路朝自己家趕去。路上車馬行人行色匆匆，都想早一點趕到落腳的地方。李善德看著那些風塵僕僕的旅人，內心湧起一點驕傲。他們只有旅店、寺廟可以慌張投宿，而自己馬上就有宅可歸了。

他驕矜地揚起下巴，邁開步子，卻不防被一道深深的車轍絆倒，整個人「啪嚓」一下摔在地上。李善德狼狽地爬起來，發現連黑襆頭[15]都摔在地上，同時掉出來的還有那份文牒。他嚇得顧不得撿襆頭，先撲過去把敕牒撿起，拍了拍上面的塵土，卻見一張小紙片從紙捲裡飄了出來。

---

14 告身，即委任狀。

15 襆頭，唐代男子頭巾。

李善德撿起來一看，這張紙片只有半片指甲大，和敕牒用紙一樣是黃藤質地，上頭寫了個「煎」字。

這是書辦常見之物，名叫「貼黃」。書吏在撰寫文牒時難免錯寫、漏寫，便剪出一小塊同色同質的紙片，貼在錯謬處，比雌黃[16]更為便利。

不過按理說貼黃之後，還需押縫鈐印，以示不是私改，怎麼這張貼黃上沒有印章痕跡？李善德想到這裡，不免好奇地看了一眼敕牒，被「煎」字遮掩的到底是什麼字。

這一眼看去，他如遭雷劈，那居然是個「鮮」字！

「荔枝鮮」和「荔枝煎」只有一字之差，性質可不啻天壤。

他整個人僵在原地，只有下巴上的鬍鬚猛烈地抖動起來。有路過的巡吏發現這位青袍官員有異，過來詢問，可他的聲音聽在李善德耳中，卻如同在井底聽井欄外講話那般隔膜。

鼓聲依舊有節奏地響著，李善德抓起敕牒，僵硬地把脖子轉向巡吏，嚇

16 雌黃，類似今日的修正液。

得巡吏往後退了一步，握緊腰間直刀。他從來沒見過這樣的眼神：惶惑、渙散、驚恐……就算是吳道子也未必摹畫得出來。

巡吏正琢磨著該如何處置，突然看到這位官員動了。他緩緩轉過身軀，放開步子，隨即加速，瘋狂地朝北面皇城跑去，花白頭髮在風中凌亂不堪。巡吏大為感慨，一個四十多歲的人能跑出這樣的速度，委實難得。

李善德一口氣跑回皇城，此時鼓聲已敲了四百多下，距離夜禁不遠。他奔到上林署的廊下，迎面傳來一陣爽朗的笑聲，正是劉署令與同僚說笑著準備離開。

劉署令高高興興走著，見一個披頭散髮的黑影猛衝出來，嚇得「嗷」了一聲，差點跳進旁邊的水塘。黑影速度不減，一頭撞進他懷裡，兩人齊齊倒在廊下，地板發出龜裂的哀鳴。

劉署令拚命掙扎，卻發現那個黑影死死抱住自己的大腿，叫道：「署令救我！署令救我！」聲音聽著耳熟，他再一辨認，不由得憤怒大吼：「李善德，你這是幹什麼！」旁邊的同僚和僕役七手八腳地把兩人攙扶起來。

「請署令救我！」李善德匍匐在地，樣子可憐至極。

「老李你失心瘋了吧？」

李善德啞著嗓子道：「您判給我的文牒，貼黃掉了，懇請重鈐。」

劉署令怫然不悅：「多大點事，至於慌成這樣嗎？」

李善德忙不迭地取出文書，湊近指給署令看：「您看，這裡原本錯寫成『鮮』字，貼黃改成『煎』字。但紙片不知為何脫落了，得重貼上去。這是敕牒，如果沒有您的官印押縫，就變成篡改聖意啦。」

劉署令臉色一下子冷下來：「貼黃？本官可不記得判給你的敕牒上有什麼貼黃——不是你自己貼上去的吧？」

「下官哪有這種膽子啊，明明……」

「你剛才也說了，貼黃需要鈐印押縫，以示公心。請問這脫落的貼黃上，印痕何在？」

李善德一下子噎住。是啊，那「煎」字貼黃上，怎麼沒有押縫印章呢？當時他喝得酒酣耳熱，只看到文牒上那「荔枝使」的字樣，心思便飛了，沒有檢查文書細節。話又說回來，自家上司給的文書，誰會像防賊一樣查驗啊？

他一時情急，聲音大了起來：「署令明鑑。您中午不也說，是內廷要吃荔枝煎嗎？」

劉署令冷笑道：「荔枝煎？我看你是老糊塗了吧？那東西在口味貢庫裡車載斗量！用得著咱們提供嗎？你們說說，中午可聽見我提荔枝煎了？」眾人都搖搖頭。劉署令道：「我中午說得清楚，敕牒裡也寫得清楚，授給你這個『荔枝使』的頭銜，本就是要為宮裡採辦鮮荔枝的，不要看錯！」

李善德的鬍鬚抖了抖，簡直不敢相信聽到的話：「鮮荔枝？您也知道荔枝的特性，一日色變，兩日香變，三日味變，無論從哪裡運來，都趕不及送到長安啊！」

「所以李大使你得多用用心，聖上等著呢。」劉署令冷冷說了一句，隨後又充滿惡意地補充道，「你可看仔細了，詔書上說得清楚，聖人要的是嶺南荔枝。」

李善德眼前一黑，嶺南？那裡距離長安有五千里路，就是神仙也沒辦法！

外頭鼓聲快要停了，劉署令不耐煩地甩一甩衣袖，匆匆朝外頭走去。李善德驚慌地撲過去揪住他袖子，卻被一把推開，脊背再一次重重磕在木板地上。待李善德頭暈目眩地爬起來，廊下已是空空蕩蕩。

李善德呆呆地癱坐了一陣，忽然發瘋似的直奔司農寺的甲庫[17]。宿直[18]小吏冷不防被一個披頭散髮的瘋子攔住，嚇得差點喊衛兵抓人。李善德抓住小吏的胳膊，苦苦哀求開庫一看。小吏生怕被他咬上一口，只好應允。

庫裡有幾十個大棗木架子，上頭堆著大量文牒。京城附近的林苑果園，虛實盡藏於此。李善德記得，中午簽的那份敕牒，按原樣抄了三份，分送三個衙署存底，其中一份存在司農寺。他決心要弄清楚，如果貼黃是真的，那麼這個存檔裡一定也有痕跡。

架上的每一卷文書，外頭皆露出一角標籤，叫做抄目，上面寫著事由、經辦衙署與日期，以便勾檢查詢。李善德憑藉這個，很快找到了那件備份。他迫不及待地將卷軸從架上掣出，展開一看，心臟驟然停跳了一拍。

這份文書上面，並無任何貼黃痕跡，「荔枝鮮十斤」五個字清晰工整，絕無半點塗抹。

「不行，我得去吏部核驗另外一份！」

17 甲庫，存放與官員資歷、委任等相關文件的檔案庫。
18 宿直，即值夜班。

李善德仍不肯放棄，也不敢放棄。要知道，這可是聖人發下來的差遣，若是辦不好，只有死路一條。所以他必須搞清楚，聖人想要的到底是什麼。

他正琢磨著如何進入吏部的甲庫，無意間掃到卷軸外插的那一角抄目標籤，上頭密密麻麻許多墨字。

如果一軸文牒的流轉橫跨不同衙署，負責入檔的官吏為了省事，往往懶得更換新標籤，只用筆劃掉舊標籤上的字跡，把新抄目寫上去。所以對有心人來說，光看抄目便知道文牒的流轉過程。

李善德疑惑地拿起抄目仔細看，發現此份文牒曾經手尚食局、太府寺[19]、宮市使和嶺南朝集使，最後才送來司農寺。而司農寺卿二話不說，直接下發給上林署。

讀罷這條抄目，李善德不由得一陣暈眩。他意識到，不必再去吏部和蘭臺[20]查驗了。從一開始，聖人想要的，就是六月一日吃到嶺南的荔枝。

不是荔枝煎，是新鮮荔枝。

19 太府寺，九寺之一，掌管朝廷財務、庫藏及貿易等事。
20 蘭臺，即御史臺。

荔枝三日便會變質，就算有日行千里的龍駒，也絕無可能從五千里外的嶺南把新鮮荔枝運到長安。所以荔枝使這個差遣注定辦不成，這不是什麼肥差，而是一道催命符，每一個衙署都避之不及。

於是李善德在抄目裡，看到了一場馬球盛況：尚食局推給太府寺，太府寺傳給宮市使，宮市使推到嶺南朝集使，嶺南朝集使又移文至司農寺。司農寺實在傳無可傳，只好往下壓，硬塞到上林署。

李善德雖然老實忠厚，可畢竟在官場待了十幾年，到了此刻，如何還不知道自己被坑了。

誰叫他恰好在這一天告假去看房，眾人一合議，把不在場的人推出來。劉署令為了哄他接下這個燙手山芋，先用酒把他灌醉，然後故意將「鮮」貼黃成「煎」，反正只要沒蓋大印，李善德就算事後發現，也說不清楚。

想明白其中關節，李善德手腳不由得一陣抽搐，軟軟跌坐在甲庫的地板上。恍惚間，他感覺自己彷彿困在狹窄漆黑的井底，渾身被冰涼的井水浸泡。他抬起頭，看到那座還未住進去的宅子在井口慢慢崩塌，伴隨著一簇簇桂花落入井中，很快把井口的光亮堵得一絲不見……

待他再度醒來已是二月四日早上。昨晚皇城關閉後無法出去，李善德無論如何都想不起來，自己是怎麼回到上林署的宿直間，又是何時睡著的。他心存僥倖地摸了摸枕邊，敕牒還在，可惜上面「荔枝鮮」三字也在。

看來昨天的事並非一場噩夢。他失望地揉了揉眼睛，覺得渾身軟綿綿的，毫無力氣。明媚的日光從窗戶空隙灑進來，卻不能帶給他哪怕一點點振奮。

對於一個提前被判死刑的人，這些景致毫無意義。十八年的謹小慎微，只是一次不經意，便陷入萬劫不復之地。夫人孩子隨他在長安過了這麼多年苦日子，好不容易即將有宅可居，卻又要傾覆水中，想到這裡，李善德心中一陣抽痛，抽痛之後，則是無邊的絕望。

區區一個從九品下的上林署監事，能做什麼？

他失魂落魄地待到午後，終於還是起身，把頭髮簡單梳了一下，搖搖擺擺地走出上林署。很多同僚看到他，可沒人湊過來，只是遠遠地竊竊私語，如同看一個死囚。

李善德也不想理睬他們，昨天若不是那些人起鬨，自己也不會那麼輕易地落入圈套。他現在不想去揣測他們蠅營狗苟的心思，只想回家跟家人在一起。

他離開皇城，憑著直覺朝家裡走去。走著走著，忽然聽到一聲呼喊：

「良元兄，你怎麼在這裡？」

李善德轉頭一看，在街口站著兩個青袍男子。一個細眼寬臉，面孔渾圓猶如一面肉銅鏡，另一個是瘦削的中年人，八字眉頭倒撇，看上去一臉憂心忡忡。

這兩個都是熟人。胖胖的那個叫韓洄，在比部司[21]任主事，因為在家裡排行十四，大家都叫他韓十四；瘦的那個叫杜甫，如今……李善德只知道他詩文不錯，得過聖人青睞，一直在京待選，別的倒不太清楚。

韓洄一見面，就熱情地拽李善德一起去喝酒，說杜子美剛剛得授官職，要慶祝一下。李善德木然應從，被他們拉去西市的一處酒肆。

一個胖胖的胡姬迎上來，略打量一番三人的穿著，徑直引三人到酒肆的一處壁角。韓洄嫌她勢利，從腰間摸出十五枚大錢，往案几上一拍，厲聲喝道：「今日老杜授官，應該好生慶祝一下，給我叫個樂班來助興！」胡姬一聽是官員，連忙收斂態度，喚來兩個龜茲樂手，又取來三爵桂酒，說是酒家贈

21 比部司，唐朝刑部四司之一，主管財稅審計稽核、官員經費俸祿等。

送，韓洄臉色才好看點。

杜甫局促道：「十四，我也不是什麼高官，不必如此破費。」

「怕什麼，改日你贈我一首詩便是。」韓洄豪爽地擺了擺手。

兩個高鼻深目的龜茲樂手過來，先展開一簾薄紗，左右掛在壁角曲釘上，然後隔著簾子奏起西域小曲。韓洄拿起酒爵，對李善德笑道：「良元兄，你有所不知。吏部這次本是授了河西縣尉[22]給子美，結果他推掉了，這才換成右衛率府兵曹參軍[23]——雖然是個閒散職位，好歹是個京官。當今聖上好詩文，子美留在長安，總有出頭之日。」

李善德木然拱手，杜甫卻自嘲道：「做兵曹參軍實非我願，只為了幾石祿米罷了，否則家裡沒飯吃了。五柳先生可以不折腰，我的心志不及先賢遠矣。」

韓洄見他又要絮叨，連忙舉起酒爵：「來，來，莫說喪氣話了，你可是集

22 縣尉，縣令的首要輔佐官吏。
23 右衛率府為東宮太子的侍衛軍；兵曹參軍則為軍事參謀、幕僚之職。

賢院待制[24]過的，前途無量，與我們這些濁吏[25]不一樣。」

三人舉起酒爵，一飲而盡。這桂酒是用桂花與米酒合釀而成的香酒，香氣濃郁，李善德一入口，想到自己活不到八月，連新宅中那棵桂花樹開花也見不到，不由得悲從中來，放下酒爵，淚水滾滾。

韓洄與杜甫都嚇了一跳，忙問怎麼回事。李善德沒什麼顧忌，把敕牒取出來，如實講了。兩人聽完，愣在原地。半晌，杜甫忍不住道：「竟有此等荒唐事！嶺南路遠，荔枝易變，此皆人力所不能改，難道沒人說給聖人知嗎？」

韓洄冷笑道：「聖人口含天憲，他定了什麼，誰敢勸個『不』字？你們可還記得安祿山？多少人說這胡人有叛心，聖人可好，直接把勸諫的人綁了送去河東。所以荔枝這事，那些衙署寧可往下推，也沒一個敢請聖人撤回成命。」

「聖人是不世出的英主，可惜……智足以拒諫，言足以飾非。」杜甫感慨。

24 集賢院，唐代的文學館之一；待制即任侍從顧問之職，等待詔命。
25 濁吏，意指地位較低、事務繁重的官職，多為寒門士子擔任。

「皇帝詔令無可取消，那麼最好尋一隻代罪羔羊，把這樁差遣接了，做不成死了，才天下太平。良元兄可玩過羯鼓傳花？你就是鼓聲停止時手裡握花的那個人。」

韓洄說得坦率而犀利。他和其他兩人不同，身為比部司的主事，日常工作是審查諸部的帳目，對官場看得最為透澈。

杜甫聽完大驚：「如此說來，良元豈不是無法可解？可憐，可憐！」他關切地撫了撫李善德的脊背，大起惻隱之心。

這一撫，李善德登時又悲從中來，拿袖角擦拭眼淚，抽抽噎噎道：「我才從招福寺借了兩百貫香積貸。我一人死了不打緊，只怕她們娘倆會被變賣為奴。可憐她們隨我多年艱苦，好容易守得雲開，卻未見到月明便要落難。」

杜甫也垂淚道：「我如何不知。我妻兒遠在奉先，也是飢苦愁困。我牽掛得緊，可離了京城，便沒了祿米，他們也要……」

韓洄玩著手裡的空酒爵，看著面前兩位哭成一團，無奈地搖了搖頭：「子美你莫要添亂。良元兄，我考考你，我們比部最討厭的，你可知是什麼人？」

李善德擦擦眼淚，不解地抬頭，韓洄怎麼突然問起這個問題？可見韓洄臉色凝重，不似開玩笑，只好收了收思緒，遲疑答道：「逃稅之人？」

韓洄擺擺指頭：「錯！我們比部最討厭的，就是你們這些臨時差遣的使臣。」

杜甫皺皺眉頭：「十四，你怎麼還要刺激良元？」

韓洄道：「不，我不是針對良元，而是所有的使臣，在比部眼裡都是殺千刀的逃奴。」

他一下口出粗言，驚得兩人都不哭了。韓洄索性拿起筷子，蘸著桂酒在案几上比畫：「朝廷的經費之制，兩位都很熟悉。比如說你們上林署在天寶十四載的一應開銷用度，正月先由戶部的度支郎中做一個預算，司金負責出納，劃撥錢糧給司農寺，再分到你們上林署。等這些錢糧用完了，我們比部司還要審驗帳目，看有無浮濫貪挪之事。是這樣的過程吧？」

隨著韓洄敘說，一條筆直的酒痕劃過案面，兩人俱點了點頭。

「但是！聖人近年來喜歡設置各種差遣之職，因事而設，隨口指定，全然不顧朝廷官序。這些使臣的一應開銷，皆從國庫支錢，卻只跟皇帝彙報，可以說是跳至三省六部之外，不在九寺五監之中。結果是什麼呢？度支無從計畫，藏署無從扼流，比部無從稽查，風憲無從督劾。我等只能眼睜睜看著各路使臣揣著國庫的錢，消失在灞橋之外。」

杜甫憤怒道：「蠹蟲！這些蠹蟲！」

李善德卻聽出了話裡的暗示，若有所思。

「我舉個例子。浙江每年要為聖人進貢淡菜與海蚶，為此專設了一個浙東海貨使。在這位使者運作之下，水運遞夫每年耗費四十三萬六千工時，這需要多大的開銷？全是右藏署[26]出的錢。可我們比部根本看不到帳目——人家使臣只跟皇帝彙報，而宮裡只要吃到海貨，便心滿意足，才不管花了多少錢。」

杜甫聽得大驚失色，而李善德的眼神卻越發明亮。韓洄拿起一塊乾麵餅，把案几上的酒痕擦乾淨，淡淡道：「為使則重，為官則輕。你這個荔枝使與浙東海貨使、花鳥使、瓜果使之類的，又有什麼區別呢？」

這哪裡是抨擊朝政，分明是鼓勵自己仗勢欺人，做個肆無忌憚的貪官啊。李善德暗想，可心中仍有些惴惴：「我一個從九品下的小官，辦的又是荔枝這種小事，怕是……」

26 左右藏署，隸屬太府寺，負責管理國庫。

韓洄冷笑一聲，拿起敕牒：「良元兄你還是太老實。你看文牒上寫的程限——限六月一日之前，難道沒品出味道嗎？」

李善德一臉茫然，韓洄「嘖」了一聲，拿起筷子，敲著酒罈邊口，曼聲吟道：「雲想衣裳花想容，春風拂檻露華濃。若非群玉山頭見，會向瑤臺月下逢。」

杜甫聽到這詩，雙眼流露出無限感懷：「這是……太白的詩啊！」

韓洄轉向杜甫笑道：「也不知太白兄如今在宣城過得好不好。今年上元節還看到京城傳抄他在涇縣寫的新作〈秋浦歌十七首〉，筆力不減當年，就是〈贈汪倫〉濫俗了點。」

一說起作詩，杜甫可有興致，他身子前傾，一臉認真道：「那汪倫是什麼人，與太白交情多深，為什麼太白特意為他寫一首詩，這些我不知道，也不想知道，但單就這詩的作法，十四你卻錯了……」

兩人嘰嘰咕咕論起詩來，李善德不懂這些，他跪坐在原地，滿心想的都是韓洄的暗示。

李白那首詩，是開元年間所作。當時聖人與貴妃在沉香亭欣賞牡丹，李龜年欲上前歌唱，聖人說：「賞名花，對妃子，焉用舊樂辭為。」遂急召李白入禁。李白宿醉未醒，揮筆而成〈清平調〉三首，此即其一。

在大唐，貴妃前不必加姓，因為人人都知其姓楊。她的生辰，恰是六月一日。這新鮮荔枝，九成是聖人想送給貴妃的誕辰禮物。

韓洄的暗示，原來是這個意思！

為了貴妃的誕辰採辦新鮮荔枝，只怕比聖人自己的事還要緊，天大的干係，誰敢阻撓？

他是個忠厚循吏，只想著辦事，從沒注意過這差遣背後蘊藏的偌大力量。這力量沒寫在《百官譜》裡，也沒註在敕牒之上，無形無質，不可言說。可只要李善德勘破這一層心障，六月一日之前，他便可以橫行無忌。

這時胡姬端來一罈綠蟻酒[27]，拿了小漏子扣在罈口，讓客人自篩。

「那六月一日之後呢？」李善德隨即又疑惑起來。憑這頭銜再如何橫行霸道，也解決不了荔枝轉運的問題。這個麻煩不解決，一切都是空談。

韓洄從杜甫滔滔不絕的論詩中掙脫出來，面色凝重地吐出兩個字：「和

27 綠蟻酒，即新釀未過濾的酒，呈綠色，酒中浮渣猶如螞蟻，故名。

離。」

「和離？」

「和離！」

這兩個字如重錘一樣，狠狠砸在胸口。李善德突然懂了韓十四的意思。荔枝這件事，是注定辦不成的，唯有早點跟妻子和離，一別兩寬，將來事發才不會累及家人。李善德則趁這最後四個月橫行霸道，多撈些油水，盡量把香積貸償清，好歹為孤女寡婦留下一所宅子。

「到頭來，還是要死啊……」

李善德的拳頭張開復又攥緊，緊盯著酒中那些渣滓，好似一個個溺水浮起的蟻屍。韓洄同情地看著這位老友，拿起漏子，緩緩篩出一杯淨酒，遞給他。長安商家有一種帳目叫做「沉舟莫救」，意味著舟已漸沉，救無可救，不如及早收手，尚能止損。他這辦法雖然無情，對老友卻已是最好的處置。

此時一曲奏完，樂班領了幾枚賞錢，卸下簾子退去。壁角只剩他們三個，周圍靜悄悄的，畢竟午後飲酒的客人不多。李善德顫抖著嘴脣，從蹀躞帶[28]裡取出紙筆。

「既然如此，我便寫個放妻書，請兩位做個見……」

話未說完，杜甫卻一把按住他肩膀，轉頭看向韓洄怒喝道：「十四，人家夫妻好端端的，哪有勸離的？」

李善德苦笑道：「他也是好心。新鮮荔枝這差遣無解，我的命運已定，只能設法為老婆孩子博得一點點活路罷了。」

「你縱然安排好一切後事，令夫人與令嬡餘生就會開心嗎？」

「那子美你說，我還有什麼辦法？！」李善德被他咄咄逼人的口氣激怒。

「你去過嶺南沒有？見過新鮮荔枝嗎？」

「不曾。」

「你去都沒去過，怎麼輕言無解？」

「唉，子美，作詩清談你是好手，卻不懂庶務之繁劇……」

杜甫又一次打斷他的話：「我是不懂庶務，可你也無解不是？左右都是死

28 蹀躞帶，繫於腰間的帶子，其上可佩掛各種隨身用品。

局，何不試著聽我這不懂之人一次，去嶺南走一趟再定奪？」

李善德還沒說話，杜甫一撩袍角，自顧自坐到對面：「我只會作詩清談，那麼這裡有個故事，想說與良元知。」

李善德看了一眼韓洄，後者歪了歪頭，做了個悉聽尊便的手勢。

「十年前，我一心想在長安闖出名堂，報效國家。可惜時運不濟，投卷也罷，科舉也罷，總不能如願，一直到天寶十載，仍然一無所得。我四十歲生日那天，朋友們請我去曲江遊玩慶祝。船行到一半，岸邊升起濃霧，我突然之間陷入絕望。這不就是我的人生嗎？已經過去大半，而前途仍然微茫不可見。我下了船，失魂落魄，不想飲酒，不想作詩，就連韋曲[29]的鮮花都沒了顏色。我就像行屍走肉一樣，漫無目的地走著，想著乾脆朽死在長安城的哪個角落算了。

「不知不覺，我走到城東春明門外一里的上好坊。其實那裡既算不上好，更不是坊，只是一片亂葬崗。客死京城的無名氏都會送來這裡埋葬，倒

29 韋曲，位於長安城南郊。

也適合作為我的歸宿。我隨便找了個墳堆，躺倒在地，沒過多久，卻遇到一個守墳的老兵。那傢伙滿面風霜，還瞎了一隻眼，態度凶橫得很。他嫌我占地方，把我踢開，自顧自喝起酒。我向他討了一口，便與他聊了起來。他原來在西域當兵，還在長安城幹過一段時間不良人，不過沒什麼人記得。老兵如今隱居在上好坊，說要為從前他被迫殺掉的兄弟守墳。那一天我倆聊了很久，他講了很多從前的事，其中我最喜歡的一段，卻不是故事。

「老兵講，他年紀輕輕就被迫離開家鄉，遠赴西域戍邊。那是他第一次遠別親人，也是第一次上戰場，何時會死也不知道。而軍法極嚴，想逃都逃不掉。他一個年輕孩子，日夜惶恐驚懼，簡直絕望到了極點。有一天，他在戰場上被一個凶狠的敵人壓住，眼看就要被殺，他發起狠，用牙齒咬掉對方臉頰的肉，才僥倖反殺。那一刻老兵明白了，既然身臨絕境，退無可退，何不向前拚死一搏，說不定還能搏出一點微茫希望。從那以後，他拚命練習刀術，練習騎術，每天從高山一路衝下，俯身去拔取軍旗。憑著這一口不退之氣，他百戰倖存，終於從西域安然回到長安城。

「我聽完的當下，深受震動。我之境遇，比這老兵何如？他能多劈一刀在造化上，我為何不能？接下來的事情你們都知道了，我回去之後，振奮精神，寫出〈三大禮賦〉，終於獲得聖人青睞，待制集賢院。雖說如今的成就也不值一提，但自問比起之前，創作更有方向——我要把這些寂寂無聞的人與事都記下來，不教青史無痕。於是我再次去了上好坊，請教老兵的姓名，希望為他寫一些詩傳。可老兵死活不肯透露姓名，只允許我把他當兵的經歷匿名寫下來。於是我便寫了九首〈前出塞〉，適才那個故事是第二首，我想將之贈予你。」

杜甫把毛筆搶過去，不及研墨，直接蘸了酒水，刷刷寫了起來。一會兒功夫，紙上便多了一首五言古詩：

出門日已遠，不受徒旅欺。
骨肉恩豈斷，男兒死無時。
走馬脫轡頭，手中挑青絲。
捷下萬仞岡，俯身試搴旗。

杜甫把筆「啪」的一聲甩開，直直看向李善德，眼神銳利如公孫大娘手中的劍。

「骨肉恩豈斷，男兒死無時。既是退無可退，何不向前拚死一搏？」

李善德讀著這酒汁淋漓的詩句，握著紙卷的手腕突地一抖，彷彿有什麼東西在胸中漾開。

二

二月春風，柳色初青。每到這個時節，長安以東的大片郊野便被一大片碧色浸染，一條條綠條在官道兩旁依依垂下，積枝成行，猶若十里步障。唯有灞橋附近，是個例外。

因為天寶盛世，客旅繁盛，長安城又有折柳送別的風俗，每日離開的人太多，橋頭柳樹早早被薅禿了。後來之客，無枝可折，只好三枚銅錢一枝從當地孩童手裡買。一番銅臭交易之後，心中那點「昔我往矣」的淡淡離愁，也沒了蹤影，倒省去許多苦情文字。

李善德出城時，既沒折柳，也沒買枝，他沒那個心情。唯一陪伴自己上路的，只有一匹高大的河套駿馬，以及一個鼓鼓囊囊的馬褡子。

那日他決定出發去嶺南後，韓洄向他面授機宜了一番。於是李善德隔天又去了趟上林署，一改唯唯諾諾的態度，要劉署令準備三十貫的驛使錢與出食錢。

劉署令勃然大怒：「你是荔枝使，直接去找戶部要錢啊，關上林署屁事？」

李善德卻亮出敕牒，指著那行「奉敕僉薦李善德監事擔當本事」，說：「這『僉薦』二字是您寫的，自然該先從上林署支取錢糧，上林署再去找度支司報銷。」

劉署令還要喝斥幾句，李善德卻板起面孔，說：「您不給我錢不要緊，但不要耽誤了聖人的差遣啊。」

劉署令嘴角抽搐幾下，終究還是怕了，痛心疾首地從會食費裡調出三十貫。

這些錢本來是給上林署官吏改善伙食的，被李善德強行劃走三十貫，午餐品質登時下降一大截，整個上林署怨聲載道，罵聲不絕。

不過李善德聽不到這些，他離開上林署後，又匆匆忙忙去了符璽局[30]，以

30 符璽局，負責公文用印與使用憑信等的官署。

荔枝使的名義索要了一張郵驛往來符券。有了這券，官道上的各處驛站他便可以免費停留，人吃馬嚼皆由朝廷承擔。

這其實是官署財務上的疏漏——既然路上有人管吃住，上林署提供的所謂驛使錢與出食錢，其實是不必要的。

但使職的妙處就在這裡，其超脫於諸司流程之外，符璽局不會跟上林署對帳，上林署也沒辦法問戶部虛實，三處彼此並不交流。

李善德用這些錢購買了一匹行腳馬和一些旅途用品，餘下的全數留給家人。可惜他的本官品級實在太低，沒辦法調用驛站的馬匹，否則連馬錢都能省下。

奔走了一圈，李善德才真正明白，為何大家會為了使職差遣搶破頭。他還沒怎麼做手腳，只利用流程上的漏洞，就賺了三十貫。韓洄罵那些使臣都是殺千刀的逃奴，著實貼切。

二月五日，李善德跨過灞橋，離開長安，毫不遲疑地向東疾奔而去。

他乃是算學及第，對數據最為看重，出發前特意去了趟兵部的職方司[31]，

31 職方司，管理天下地圖及四方職貢（進貢）的官署。

抄了一份《皇唐九州坤輿圖》與《天下驛乘總滙》，對大唐交通算是有了大致的了解。

其時大唐自長安延伸出六條主道，連通兩京、汴州、幽州、太原、江陵、廣州、益州、揚州等處，三十里為一驛，天下共計一千六百三十九間驛所，折合總長四萬九千一百七十里。

聖人在詔書中說得明白，要嶺南鮮荔枝。那麼嶺南距離長安多遠呢？李善德查得明白，離開長安之後，自藍田入商州道，經襄州跨漢水，經鄂州跨江水，順流至洪州、吉州、虔州，越五嶺，穿梅關而至韶州，再到廣州，全程一共五千四百四十七里。

五千四百四十七里！如果一里折成一貫錢的話，他在長安的宅子可以買上一二十間！

李善德一想到這個距離，便心急如焚，催馬快跑。他沒有長途跋涉的經驗，不知道再神駿的寶馬，這麼持續奔跑也會掉膘，蹄子更是受不了。最後他不得不放緩速度，還心疼地自掏腰包，要驛站多提供幾斛豆餅。

即使如此，待他抵達鄂州時，那匹馬終究承受不住，在紛紛揚揚的春雨中栽倒在地。李善德別無他法，只得將其賣掉，另外買了頭淮西騾子。騾子堅韌，只是速度委實快不起來，任憑李善德如何催促，一日也只能走六十里。所幸天下承平日久，沒有什麼山棚[32]盜賊作祟，他孤身一人，倒也沒遇到什麼危險。

這一路上山水連綿，景致頗多。倘若是杜甫壯遊，定能寫出不少精采詩句。可惜李善德的頭上懸著一把鍘刀，無心觀景，白天埋頭狂奔，晚上在驛館裡也顧不得看壁上的題詩，忙著研究職方司的資料和沿途地勢、里程，希望從中找到契機。

然而越是研究驛路，李善德的心中越是冰涼。離開長安時那股拚死一搏的氣勢，隨著鑽研日深，被殘酷的現實打擊得四分五裂。

其時大唐郵驛分作四等：驛使齎送，日行五百里；交驛齎送，日行三百五十里；步遞齎送，日行兩百里；最慢的日常公文流轉，馬日行七十里，步及驢五十里，車三十里。

即使是最快的「驛使齎送」，從嶺南趕到京城也要十幾天，運送新鮮荔枝

32 山棚，居無定所、以打獵為生的山民。

絕對來不及。

朝廷雖然還有八百里加急，但只能用於最緊急的軍情傳遞。依職方司的紀錄顯示：二十年內，唯一一次真正達到八百里速度的郵傳，是王忠嗣在桑乾河大破奚怒皆部，兩千四百里路，報捷使只花了三日便露布長安。

當然，這種例子不具備參考價值。漠北一馬平川，水少沙硬，飛騎可以一路揚鞭。而李善德自渡江以後便發現，南方水道縱橫，山勢連綿，別說兵部不給八百里加急的許可權，就算給了，馬也跑不出這個速度。

李善德知道，自己是在挑戰一個不可能完成的任務，但他別無選擇。為了挽救家人和自己的命運，李善德只能殫精竭慮，從數字中找出一線生機，他希望即使最終失敗了，也不是因為自己怠惰之故。

一過鄱陽湖，他又有新發現。原來大江到了潯陽一帶，可以通到鄱陽湖，而鄱陽湖又連接贛水，可以直下虔州。乘舟雖不及飛騎速度快，但勝在水波平穩，日夜皆可行進，算下來一晝夜輕舟可行一百五十餘里，比騾馬省事多了。他索性賣掉騾子，輕裝上船，寧可多花些錢，也要搶些時辰。

一過虔州，李善德便看到前方一片崢嶸高絕的山巒，如一道蒼翠屏障，雄峙於天地之間。這裡即是五嶺，是嶺南與江南西道之間的天然界線。這五嶺極為險峻，只在大庾嶺間有一條狹窄的梅關道，可資通行，過去便是韶州。

李善德穿過關口途間，想起在長安曾聽過一段朝堂故聞。開元四年，張九齡辭官回嶺南故鄉，交通壅塞不便，遂上書聖人，在大庾嶺開鑿了一條「坦坦而方五軌，闐闐而走四通」的穿山大路。從此之後，嶺南的齒革羽毛、魚鹽蜃蛤，便可以源源不斷地流入中原。

更讓李善德驚喜的是，一過五嶺便有一條綿綿不斷的湞水，向南匯入溱水，溱水再入珠江，可以一路暢通無阻地坐船直到廣州城下。

三月十日，奔波了一個多月後，滿面疲憊的李善德終於進入廣州城內。出發前鼓鼓囊囊的馬褡子，如今搭在他的右肩上，乾癟得不成樣子；而那一身官袍，早已髒得看不出本色。

一算速度，他原本的那點僥倖登時灰飛煙滅。按照這種走法，再快三倍，也不可能運送新鮮荔枝。

廣州氣候炎熱，三月和長安五六月差不多。李善德走進城裡，只覺得渾身都在冒汗，如螞蟻附身一般。尤其是脖子那一圈，圓領被汗水泡軟了，朝內彎摺，只要稍稍一轉動，皮肉便磨得發痛。

廣州城裡的景致和長安不太一樣。牆上爬滿藤蔓，屋旁側立椰樹，還有琴葉榕從牆頭伸出。街道兩側每個空餘處，皆開滿了木棉花、紫荊、梔子花、茶梅與各種叫不出名字的花，幾乎不留空隙，將近半個城市都被花草淹沒。

他找了個官家館驛，先行入住。一問才知道，這裡憑符券可以免費下榻，但湯浴要另外收錢。李善德想想等會兒還要拜見嶺南五府[33]經略使[34]，體面還是要顧的，只好咬咬牙，掏出袋中最後一點錢，租了個沐桶，順便把髒衣服交給漂婦，洗乾淨明天再用。

廣州這裡的驛食和中原大不相同，沒有麵食，只有細米，少有羊肉，雞羹鴨脯卻不少，尤其是瓜果極為豐富，枇杷、甜瓜、白欖[35]、林檎[36]……堆了滿滿一大盤，旁邊還擺著一截削去外皮的甘蔗，上頭撒著一撮黃鹽。換作在長安城裡，可是公侯級的待遇了。

他隨口問了一句有沒有荔枝，侍者說還不到季節，大概要到四月才有。

---

33 嶺南五府（都督府），包含廣州、桂州、容州、邕州、交州。

34 經略使，朝廷指派巡按地方事務的官員，唐朝後期多由節度使兼任。

35 白欖，即青橄欖。

36 林檎，即蘋果。

李善德也不想多問，他在路上吃了太多乾糧，急需進補一下。他撩開後槽牙，風捲殘雲一般吃了起來。酒足飯飽之後，沐桶也已放好熱湯。嶺南人很會享受，桶底放了切成碎屑的沉香，旁邊芭蕉葉上還放著一塊木棉花胰子。

李善德整個人泡進熱湯裡，舒服得忍不住「哎呀」一聲。只見蒸氣氤氳，疲意絲絲縷縷地從四肢百骸冒出，混著油膩的汗垢脫離軀體，漂浮到水面上。有那麼一瞬間，他渾然忘了運送荔枝的煩惱，只想化在桶裡再也不出來。

一夜好眠。次日起來，李善德喚漂婦把衣袍取來，漂婦卻像看傻子一樣看他。李善德發了怒，以為她要貪墨自己的官服，漂婦嘰哩咕嚕說著當地土話，他也聽不懂。兩人糾纏了半天，最後漂婦把李善德拽到晾衣架子前頭，他才尷尬地發現真相。原來嶺南和長安的氣候截然不同，天氣溽熱，衣服一般得晾上幾天才會乾。

沒有官袍可用，李善德又沒有多餘的錢去買。他只好取出一把突厥匕首——這是杜甫當年在蘇州蒸魚時用的匕首，送給他防身——拿去質鋪[37]，換

37 質鋪，即當鋪。

來一身不甚合身的舊絲袍。

李善德穿著這一身怪異衣袍，彆彆扭扭地去了嶺南五府經略使的官署。這官署門前沒有閥閱[38]，也不立幡竿[39]，只有兩棵大大的芭蕉樹，綠葉奇大，如皇帝身後的障扇[40]一般遮著闊大署門。李善德手持敕牒，門子[41]倒也不敢刁難，直接請他進正堂。

一見到嶺南五府經略使何履光，李善德登時眼前一黑。這位大帥此時居然箕坐在堂下，抱著一根長長的甘蔗啃。他上身只披了一件白練汗衫，下面是開襠竹布褲子，兩條毛腿時隱時現。

早知道他穿成這樣，自己又何必破費多買一身官袍。李善德心疼之餘，趕緊恭敬地把敕牒遞過去。

何履光皮膚黝黑，額頭鼓鼓的，像個壽星佬。他出生地比張九齡還要靠南，遠在海島之上的珠崖郡，如今居然能做到天寶十節度使之一，可以說是朝

38 閥閱，指門兩側的立柱。
39 幡竿，即旗竿。
40 障扇，皇帝儀仗之一，也有遮塵蔽日的用途。
41 門子，守門的人。

堂上的異數。這樣的奢遮人物，踾死他比踾死一隻螞蟻還容易。

何履光啃下一口甘蔗，嚼了幾口，「啐」地吐到地上，這才懶洋洋地翻開敕牒：「荔枝使？做什麼的？」

李善德雙手拱起，說明來意。何履光把敕牒往地上一摔，沉著臉道：「來人，把這騙子拖出去沉珠江！」立刻有兩個牙兵[42]過來，如狼似虎地要把李善德拖走。

李善德嚇得往前一撲，身形迅捷得像猿猴一般，死死抱住甘蔗另一頭：「節帥，節帥！」

何履光想把啃了一半的甘蔗拽回來，沒想到眼前這傢伙看似文弱，求生的力氣卻不小，居然握著甘蔗稈不放手，無論那兩個牙兵怎麼拖拽都不鬆開。最後何履光沒轍，把手一鬆，李善德抱著甘蔗，與牙兵們齊齊跌倒在地，四腳朝天。

何履光又是好氣，又是好笑：「你這個猴崽子，騙到本節帥頭上，還不知

42 牙兵，即親兵、衛兵。

死？」

李善德躺在地上，聲嘶力竭地大叫道：「下官不是騙子！是正式從長安受了敕命來的！」

「休要胡扯。送新鮮荔枝去長安？哪個糊塗蛋想出來的蠢事？」

「是聖人啊……」

何履光大怒，抬起大腳去踩李善德的臉：「連皇帝你都敢誣衊，好大的狸膽！」說到一半，他突然歪了歪腦袋，覺得有點蹊蹺。聖人的脾性和從前大不相同，這幾年問嶺南討要過許多稀奇古怪的玩意兒，都不太合乎常理，這次會不會要新鮮荔枝，也不好說……

他把腳抬起，俯身撿起那張敕牒，拍拍上面的甘蔗渣，重新打開看了一番，嘖嘖讚嘆：「做得倒精緻，拿去丹鳳門外發賣都沒問題。」

李善德雙手抓著地上紅土，急中生智叫道：「這敕牒也曾在嶺南朝集使流轉過，節帥一查，便知虛實！」

何履光叫來一個小廝，吩咐了幾句，然後拖了張胡床[43]在李善德對面坐

43 胡床，類似折疊凳。

下，繼續啃著甘蔗道：「你這敕牒真假與否，噗，其實無關緊要。假的，直接沉珠江；真的，我也沒辦法把新鮮荔枝送去長安，還是要把你幹掉。」

李善德沒想到他說得這麼直白，先是瑟瑟驚懼，過了一陣子，反而坦然起來。這一路上他體驗到長路艱險，早知道運送新鮮荔枝絕無可能，與其回去被治罪，倒不如在這裡被殺，至少還算死於王事，不會連累家人。

一念及此，他息了辯解的心思，額頭碰觸在地，引頸就戮。

他這一跪伏，何履光反倒起了疑心。他打量眼前這騙子，嘴裡呸吧呸吧嚼個不停，卻沒動手。過不多時，一個白面文士匆匆趕到，對何履光道：「查到了，內廷在二月初確實發過一張空白文書，討要新鮮荔枝。那文書曾流轉到嶺南朝集使，他們不敢擅專，移文到司農寺去了。」

嶺南朝集使是何履光在京城的耳目，每月都有飛騎往返彙報動態，這消息剛送回不久。

何履光看向李善德，突然一腳踹過去，正中其側肋，登時讓他在甘蔗渣裡滾了幾圈：「呸！差點著了你的道。我若在這裡宰了你，鮮荔枝這筆帳，豈不是要算在本帥頭上？你們北方人當真心思狡黠。」

李善德強忍著痛，心中直叫屈。自己都俯首認命了，怎麼還被說成心思狡黠。

那文士在何履光耳畔說了幾句，後者厭惡地皺皺眉頭，把剩下的甘蔗扔在地上，走開了。

文士過去把李善德攙起來，拍拍他袍上的紅土，細聲道：「在下是嶺南五府經略使門下的掌書記趙辛民。李大使蒞臨嶺南，在下今晚設宴，為大使洗塵。」

李善德一陣愕然，自己剛被踏在地上受盡侮辱，這人怎麼能面不改色地說出這種話？

「大使莫氣惱，本地有句俗諺，做人最重要的就是開心，此乃養生之道啊。」

「你……」

李善德知道，掌書記雖只是從八品官，但在經略使手下位卑權重，不可輕易開罪，只好忍氣吞聲地拱了拱手：「設宴不必了。聖人敕命所限，在下還得履行王事，盡快把土貢[44]辦妥才是。」

44 土貢，即地方進貢朝廷的土產。

他事先請教過韓洄。嶺南每年都有諸色土貢，由朝集使帶去京城。如果設法把鮮荔枝歸為「土貢」一類，經略府就有義務配合了。

趙辛民怎麼會跳進這個坑，他笑咪咪道：「好教大使知。開元十四年聖人頒下過德音，嶺南五府路迢山阻，不在朝集之限。所以這土貢之事，嶺南是送不及的。」

「下官知道，鮮荔枝轉運確實艱難。不過聖人和貴妃之所望，咱們做臣子的應該精誠合作，盡力辦妥才是。」

趙辛民當即應允：「這個自然！等下節帥為大使簽一道通行符牒，只要是嶺南管轄內，廣、桂、邕、容、交五州無不可去之者，大使便可以大展拳腳了。」

李善德「呃」了一下，忽然不知該說什麼才好。

出發之前，韓洄幫他推演過幾種可能。「土貢」只是虛晃一招，如果經略使不跳進這個坑，李善德正好可以抬出聖人和貴妃借勢，讓經略府提供經費——他心裡一直有個計畫，只是需要大量錢糧作為支援。

沒想到趙辛民滑不溜丟，輕輕一轉便滑過去了。他表面慷慨，主動開具五府符牒，卻避開了最關鍵的錢糧。說白了就是，我們給予你方便，你在嶺南愛去哪兒去哪兒，聖人面前也挑不出錯，但運送鮮荔枝的事，我們一文錢也不給，你自己想辦法吧。

李善德不善應變，口舌也不伶俐，被趙辛民這麼一攪，背好的預案全忘光了，站在原地直冒汗。遠遠的廊下何履光抱臂站著，朝這邊冷笑。這北方人笨得像隻清遠雞，還妄想把經略府拖進鮮荔枝這灘渾水裡？

何履光的思緒就到此為止了，能讓一位經略使費神片刻，對一個從九品下的小官而言已是天大的體面。

*

李善德悻悻地回到館驛，看著窗外的椰子樹發呆。趙辛民倒是說話算話，半個時辰後，便送來一張填好的符牒，隨符牒送來的還有兩方檀香木，說是趙書記私人贈送。

他敲打著兩塊木頭，聞著淡淡清香，內心壅滯卻無可排遣。杜甫鼓勵他在絕境中劈出一條生路，李善德也是如此打算，還擬訂了一個計畫。可現在嶺南五府經略使拒絕資助，李善德就算想拚死一搏，手裡也沒武器。

「算了，本就是毫無成功可能的差遣。你難道還有什麼期待嗎？」

李善德在案几上攤開紙卷，還是聽韓洄的吧，沉舟莫救，先把放妻書寫完要緊。他寫著寫著又哭起來，最後竟這麼伏案睡著了。

次日李善德一覺醒來，發現紙張被口水洇透。他正要抬袖擦拭，卻猛然見一隻褐油油的蜚蠊飛速爬過。這蜚蠊個頭之大，幾與幼鼠等同，與他在長安夥廚裡見到的那些簡直不似同種。李善德頓覺一陣冰涼從尾椎骨竄上來，驚恐萬狀，整個人往後躲去。

只聽「嘩啦」一聲，案几被他弄翻在地，案上紙硯筆墨盡皆散落，那放妻書被墨汁澆汙了半幅，徹底廢了。李善德一時大慟，覺得自己真是流年不利，太歲逆行，乾脆去問問哪裡是珠江，直接蹈水自投算了。

不料他剛披上袍子，腹部忽然一陣鼓鳴，原來還沒用過朝食。李善德猶豫片刻，決定還是做個飽死鬼的好，便正了正幞頭，邁步前往館驛的食處。

嶺南到底是水陸豐美之地，就連朝食都比別處豐盛。每個客人都分得一碗熬得恰到好處的粟米肉糜粥，裡頭拌了碎杏仁與蔗糖末，再配三碟淋了鴨油的清醬菜、一枚雞子蒸白果，還有一合海藻酒[45]。至於水果，更是乾脆地堆在食處門口，供人隨意取用。

李善德坐在案几旁，細細吃著。既是人生最後一頓飯，合該好好享受才是。可惜身在嶺南，沒有羊肉，如果能最後回一次長安，吃一口布政坊孫家的古樓子羊油餅，該多好呀。

一想起長安，他鼻子又酸了。這時對面忽然有人道：「先生可是從北邊來的？」李善德一看，對面坐著一個乾瘦老者，高鼻深目，下頷三綹黃髯，穿一件三色條紋的布罩袍，竟是個胡商。看他腰掛香囊、指戴玉石的作派，估計身家不會少。

李善德「嗯」了一聲，隨手拿起雞蛋剝起來。誰知這胡商是個自來熟，一會兒過來敬個酒，一會兒幫忙剝瓜，熱情得很，倒讓李善德有些不好意思。

其時廣州也是大唐一大商埠，外接重洋三十六國，繁盛之勢不下揚州，城中番商眾多。這個胡商唐言甚是流暢，自稱蘇諒，本是波斯人，入唐幾十年

45 海藻酒，以藻類為主原料，藥酒的一種。

了，一直在廣州做香料生意。

「若有什麼難處，不妨跟小老說說。都是出門在外，互相能幫襯一下也說不定。本地有句俗諺，做人最重要的就是開心。」

「你們嶺南怎麼什麼人都來這套！」李善德忍不住抱怨。

蘇諒突然用那隻戴滿玉石的大手壓在李善德筷子上：「先生……可是缺錢？」

這一句，直刺李善德的心口。他怔了怔：「尊駕所言無差，不過我缺的不是小錢，而是大錢。你要借我嗎？」

天下送客最好的手段，莫過於開口借錢。蘇諒卻毫無退意，反而笑道：「莫說大錢，就是一條走海船，小老也做主借得，只要先生拿身上一樣東西來換。」

李善德本來抬起的筷子，登時停在半空。這傢伙過來搭話，果然是另有圖謀！

他在長安聽說，海外的胡人最善鑑寶，向來無寶處不落，今天這位大概看走眼了，居然找上一個窮途末路的老吏——我身上能有什麼寶貝？

蘇諒看出這人有些呆氣，乾脆把話挑明：「昨日小老在館驛之中，無意見到經略使麾下的趙書記登門，送給先生五府通行符牒，可有此事？」

「這……這與你何干？」

「小老經商幾十年，看人面相，如觀肺腑。先生如今遇到天大的麻煩，急需一筆大款，對也不對？」

「嗯……」

「明人不做暗事。你要多少錢糧，小老都可以如數撥付，只求借來五府通行符牒，照顧一下自家生意。公平交易，你看如何？」

原來他盯上的是這個……

為了不貽人口實，趙辛民給李善德的這張通行符牒，級別甚高。蘇諒眼睛何其銳利，遠遠一眼便認出來了。若商隊持此符牒上路，五府之內的稅卡[46]、關津、碼頭等處一律暢通無阻，貨物無須過所[47]，更不必交稅，簡直就是張聚寶符。

李善德本想一口拒絕。開玩笑，把通行符牒借與他人冒用，可是殺頭的

46 稅卡，設站徵稅之處。

47 過所，通過關卡需要出示的憑證。

大罪。可轉念一想，自己本就死路一條，多這一項罪名又如何，腦袋還能砍兩次不成？

蘇諒見李善德內心還在掙扎，伸出三根皺巴巴的指頭：「小老知此事於官面上有些風險，所以不會讓你吃虧。先生開個價，我直接再加你三成。」

李善德明知對方所圖甚大，卻無法拒絕。他迅速心算了一下自己的計畫所需耗費的金額，脫口而出：「七百六十六貫！」

這數字有零有整，讓老胡商忍俊不禁。世間真有如此老實的人，把預算當成決算來報。

「成交！」

老胡商毫不猶豫地答應下來。李善德立刻一陣後悔，自己還是低估了這張符牒對商人的潛在價值……看對方那麼痛快，估計就算報到一千五百貫，對方也會吃下。

「跟先生做生意太高興了。唐人以誠信為本，三杯吐然諾，五嶽倒為輕啊。」蘇諒為了堵住李善德的退路，抬出了李太白。

「我……我……」李善德支吾了幾句，終究不敢反悔。這個老胡商是唯一的救命稻草，若是發怒走了，自己便真的沒希望了。

「呵呵，先生是老實人，小老不占你便宜。七百六十六貫，再按剛才小老承諾的加三成，補上零頭，一共給你一千貫如何？」

「七百六十六貫加三成，是九百九十六貫……」

蘇諒一怔，這人是真的不會講話啊，我主動給你加了個零頭，你還扣這些數？不過老胡商沒流露半點情緒，大笑道：「好，就九百九十六貫。敢問先生是要現錢、輕貨，還是糧食？」

大唐一直鬧錢荒，一般來說這麼大的交易，很少用現錢，要麼折成絹帛等輕貨，要麼折成糧食。李善德想了想道：「錢不必給我。我想在廣州當地買些東西，能否請您代為採買？」

蘇諒一口答應：「這個簡單，你要什麼？」

「待會兒我寫個清單。」李善德又追問一句，「從您的渠道走，能不能給點折扣？」

「自然，自然。」蘇諒捋了捋鬍鬚，不知怎麼評價這人才好。

＊

三月十二日，兩騎矮腳蜀馬離開廣州城，向東北方向疾馳而去。

李善德仔細詢問了當地人，得知嶺南一帶的荔枝種植，與中原勸農頗為不同。這裡佘、瑤、黎、苗等族甚多，以「峒人」統而稱之。他們出入山林，部落散聚，官府連編戶造籍都辦不到，更別說推行租庸調之制了。

所以經略府乾脆用撲買[48]的方法，每年放出幾十張包榷狀[49]，各地商賈價高者得。商賈拿了包榷狀，再去雇峒人種植諸色瓜果，所得不必額外交稅。如此一來，官府減少事端，還可以預收榷稅[50]；商賈種植越多，收益越多，無不爭先恐後；而峒人們只要墾地種果，便有穩定收入，山中所缺的鹽、茶、藥、酒亦能源源不斷運進來，可謂皆大歡喜。

這些峒人習慣了種植，便不會回山林去過苦日子，自然依附王土。從此道德遠覃，四夷從化。李善德暗自感慨，這何履光看似粗豪，心思卻縝密得很啊！

---

48 撲買，類似今日的政府招標。
49 包榷，類似專賣、專營的權利。
50 榷稅，針對專賣品課的稅。

當地人說，峒人們種植荔枝最多之處，是在增城以北一處叫做石門山的地方。李善德打聽清楚之後，連夜擬訂清單，請蘇諒代為採買物資，自己則買了兩匹蜀馬，尋了個當地嚮導，直奔石門山而去。

嶺南官路兩側隨處可見灌木藤蘿，這些蔥郁的綠植層層疊疊，填塞幾乎每一處角落，生機勃勃如浪潮撲擊。灞橋柳若生在此地，必無薅禿之虞。

蜀馬不快，兩騎走了大半天，總算遠遠望見石門山的輪廓。嚮導指著道路兩側的大片綠樹道：「這便是荔枝樹了，只是如今剛剛開花，還未到過殼[51]的時日。」

李善德不由得勒住轀繩，原來這便是把自己折磨欲死的元凶。

他抬眼仔細觀察，這些荔枝樹樹幹粗圓，枝冠蓬大，像一個圓幞頭扣在幡竿上。一簇簇似羽長葉從灰黑色的樹幹與黃綠色的枝杈間伸展出來，密不透風。此時雖非出果之日，但花期已至。只見葉間分布著密密匝匝的白花，這荔枝花幾乎不成瓣，像一圈毛茸茸的尖刺插在杯狀花萼上。

51 過殼，意指荔枝完全成熟。

這副尊容實在不堪，恐怕難以像牡丹、菊花一樣入得詩人之眼。就算是杜子美親至，大概也寫不出什麼吧？李善德心想。

嚮導告訴李善德，這裡種荔枝最有名的，不是幾處大莊子，而是石門山下一個叫阿僮的峒女。她種的荔枝又大又圓，肉厚汁多，遠近口碑最好。不過她的田地不大，只得三十幾畝，產出來的荔枝只特供給經略府。

李善德冷笑了一下，他既然有了荔枝使的頭銜，為聖人辦事，經略府是不敢跟他爭的。他一抖轡繩，朝著那邊疾馳而去。

阿僮的荔枝田位在石門山向陽的外麓，山坳處有一道清澈溪水穿行，田莊恰在溪水彎繞之處。下足取水，側可避風，可說是一塊風水上好的肥田。這田中不知多少棵荔枝樹，間行疏排，錯落有致，每一棵樹下都壅培著淤泥灰肥，可見主人相當勤快。

他們走進田裡，先是三四個峒家漢子圍過來，面帶不善。嚮導說明來意之後，他們才將信將疑地讓開一條路，說僮姐正在裡面繫竹索。

李善德翻身下馬，徒步走進荔枝林約幾十步，只看到樹影搖曳，沒找到什麼人。他疑惑地抬起頭，發現樹木之間多了許多細小的線，猶如蛛網。李善德好奇地伸手去扯，發現這線還挺堅韌，應該是從竹竿抽出來的。

「嘿，你是石背娘娘派來搗亂的嗎？」

一個俏聲忽地從頭頂響起，由遠及近，好像直落下來似的。李善德嚇得下意識往旁邊躲閃，「噗」的一聲，踏進樹根下的糞肥裡。這糞肥是漚好、晾曬過的，十分鬆軟，靴子踩進去便難以拔出。

他踩進糞肥的同時，一個黑影從樹上跳下來，竟是一個秀麗女子，二十出頭，身穿竹布短衫，手腕腳踝都裸露在外，肌膚色澤如小麥，右膀子上還挎著一捲纏滿竹索的線軸。

她看到李善德的窘境，先是咯咯大笑，然後伸手扯住他衣襟往後一拽，將他連人帶腿從糞堆裡拉出來。

「我是阿僮，你找我做什麼？」女子的中原話頗為流利，只是發音有點怪。

「什麼、什麼石背娘娘？」李善德驚魂未定，靴子尖還滴著噁心的汁液。

阿僮左顧右盼，隨手從樹幹上摘下一隻蟲，這蟲子約桃核大小，殼色棕黃，看著好似石頭。「就是這東西，你們叫椿象，我們叫石背娘娘，最喜歡趴在荔枝樹上搗亂。眼看要坐果了，必須把牠們都幹掉。」

她手指一搓，把石背娘娘撚成碎渣，然後隨手在樹幹上抹了抹。李善德鎮定下思緒，行了個叉手禮：「吾乃京城來的欽派荔枝使，這次到嶺南，是要土貢荔……」

「原來是個城人！」

峒人管住在廣州城的人叫城人，這個綽號可不算親熱。

李善德還要再說，阿僮卻道：「荔枝結果還早，你回去吧。」

李善德碰了個軟釘子，只好低聲下氣道：「那麼可否請教姑娘幾個問題？」

「姑娘？」阿僮歪歪頭，經略府的人向來喊她「獠女」，不是好詞，這一聲「姑娘」還挺受用。她低頭看看他靴子上沾的屎，忽然發現，這個城人沒怒罵也沒抽鞭子，脾氣倒真不錯。

她拿下線軸，隨手扔到李善德懷裡，「你既然求我辦事，就先幫我把線接好。」李善德愕然，阿僮續道，「前陣子下過雨，石背娘娘都出來了，所以得在樹間架起竹索，讓大螞蟻通行，趕走石背娘娘。」

原來那些竹索是這個用途，李善德恍然大悟。孔子說「吾不如老農」，這農學果然學問頗深。他性子被動，既然有求於人，也只好莫名其妙跟著阿僮鑽進林子裡。

他年過四十，幹這爬上爬下的活兒委實有點難，只好跟著阿僮放線。她一點都不見外，把堂堂荔枝使當作小雜役使喚。兩人一直幹到日頭將落，才總算接完四排果樹。李善德滿身大汗，氣喘吁吁，坐在田邊直喘氣，哪怕旁邊堆著肥料也全然不嫌棄。

阿僮笑嘻嘻遞來一個竹筒，裡面盛著清涼溪水。李善德咕嚕咕嚕一飲而盡，竟有種說不出的愜意。

夕陽西下，其他幾個峒家漢子已在果園前的守屋裡點起火塘，火塘中間插著十來根細竹籤，上頭串著山雞、青蛙、田鼠，居然還有一條肥大的土蛇，諸色田物上撒滿茱萸，烤得滋滋作響。李善德心驚膽顫，只拿起籤子上的山雞肉吃，別的不敢碰。其他人卻大嚼起來，吃得毫無顧忌。

早聽說百越民風剽悍，生翅者不食樸頭，帶腿者不食案几，餘者無不可入口，雖有誇張，卻是有本可據。

阿僮吃蛇肉吃飽了，抹了抹嘴，伸腳踢了一下李善德：「你這個城人，倒與別的城人不同。那些人來到荔枝莊裡，個個架子奇大，東要西拿，看我們的眼神跟看狗差不多。」

李善德心想，自己也快跟狗差不多了，哪裡顧得上鄙視別人？

阿僮又道：「你幫我侍弄了一下午荔枝樹，我很喜歡。有什麼問題，問吧！」說完她斜靠在柱子上，姿態慵懶。屋頂不知何處竄來一隻花狸，在她懷裡打滾。

李善德掏出簿子和筆：「有幾樁關於荔枝特性的問題，想請教姑娘。」

阿僮摸著花狸，抿嘴笑起來：「先說好啊，我這裡的果子早被經略府包下啦，不外賣。」

「我這差事，是替聖人辦的。」

「聖人是誰？」

「就是皇帝，比經略使還大。他要吃荔枝，經略使可不敢說什麼。」李善德稍稍掌握到跟這班峒人講話的方式了，直接一點，不必斟字酌句。

阿僮想不出比經略使還大是什麼概念，捶了捶腦殼，放棄思考，說：「你問吧。」

「荔枝從摘下枝頭到澈底變味，大概要幾日時間？」

「不出三日。到第四日以後便不能吃了。」

這和李善德在京城聽到的說法一致。他又問道：「倘若想讓荔枝不變味，可有什麼辦法？」

「你別摘下來啊。」阿僮回答，引得周圍峒人大笑。李善德不知道這有什麼好笑的。

「……我就是想問摘下之後怎麼保存啊！」他煩躁地抓了抓頭髮，上頭沾滿碎葉和小蟲。

阿僮借著火光端詳他片刻：「你是第一個在這裡做過農活的城人，阿僮就傳授你一個峒家祕訣吧！」

李善德眼睛一亮，連忙拿穩紙筆：「願聞其詳。」

「你取一個大甕，荔枝不要剝開放在裡面，將甕口封好，泡在溪水裡，四日內都可食用。」

李善德一陣洩氣，這算什麼祕訣。上林署的工作之一就是瓜果儲鮮，浸水之法早就有了，還用得著這峒女教嗎？

阿僮見李善德不以為然，有些惱怒。她挪開花狸的大尾巴，湊到他跟前，「城人，我再告訴你個祕訣，不要外傳，否則我下蠱治你。」李善德點頭靜待，阿僮得意道，「放入大甕之前，先將荔枝拿鹽水洗過，可保五日如鮮。」

李善德又一陣失望。密封、鹽洗、浸水……這些辦法上林署早就用過，但只濟一時之事。可惜嶺南炎熱無冰，不然還有一個冰鎮之法。他感覺自己比發問前知道得更少了。

阿僮大為不滿，舉起花狸爪子去撓他：「你這人太貪，得了許多好處都不滿意嗎？」

李善德躲閃著狸爪，不得不把自己的真實要求說出來。阿僮對長安的遠近沒概念，更不知五千里有多遠，但她一聽要在路上跑十多天，立刻擺了擺手道：「莫想了，荔枝都生蟲啦。」

「你們峒人真的沒辦法讓荔枝長時間保鮮嗎？」

阿僮嘰哩咕嚕地跟其他人轉述了一下，眾人皆搖搖頭。嶺南這裡，想吃荔枝隨手可摘，誰會去研究保鮮的辦法。李善德嘆了一口氣，果然不該寄望什麼山中祕訣，還是得靠自己。

他放棄在保鮮問題上糾纏，轉到與自己的試驗至關重要的話題：「石門山這裡的荔枝，最早何時可以結果過殼？」

阿僮沒有立刻回答，招呼一個峒人出去，過不多時，那人拿回來兩朵荔枝花。阿僮把花攤在李善德面前：「你看，這花梗細弱的，叫做短腳花，一般得六七月才有荔枝成熟；花梗粗壯的那種，叫長腳花，四五月便有果實結出。」

「還有沒有更早的？」

「更早的啊，有一種三月紅，三月底即可採摘。我田裡也套種了幾棵，現在已經坐果。」阿僮說到這裡，厭惡地撇了一下嘴，「不過那個肉粗汁酸，勸你不要吃。我們都用來釀酒。」

「這種三月紅，不管口味的話，是否可以再早一些催熟？」

阿僮支起下巴，想了一陣：「有一種圓房之術。趁荔枝尚青的時候摘下來，以芭蕉為公，荔枝為母，混放埋進米缸裡，可以提前數日成熟。這就和男女婚配一樣，圓過房，自然便熟了。」

阿僮說得坦蕩自然，倒讓李善德羞紅了臉，他心想到底是山民，催熟果子也取這種淫亂的名字。

他問得差不多了，放下紙筆，吩咐嚮導把蜀馬上幾匹帛練卸下。阿僮看到裡面有一匹粉練，喜得連花狸也不要了，衝過去把粉練扯開圍住自己身子，猶如裙裾，就著火光來回擺動。

「這是送阿僮姑娘的禮物。」

「聘禮嗎？」阿僮看向李善德，目光灼灼。

「不，不是！」李善德嚇得慌忙解釋，「這是預支給姑娘的酬勞。我要買下這附近所有的三月紅，妳幫我盡早催熟，越早越好。」

「唉，買賣啊！」阿僮把粉練披在背上，小嘴微微噘起，「我還以為，總算有個肯幹活的城人，能幫我一起經營莊子呢。」

「阿僮姑娘國色天香，自有良配，老朽就算了，算了……」李善德擦擦額頭上的汗水。若讓夫人誤以為自己來嶺南納妾，不勞聖人下旨，他便會魂斷東市狗脊嶺[52]。

「行吧，行吧！你這人真古怪。」

阿僮嘟囔了幾句，出去安排。臨走之前，她惱火地伸腳踢了踢那花狸，花狸非但不跑，反而就勢躺倒在地，露出肚皮。

李善德靠在火塘旁，正打算假寐片刻，卻看見那花狸露著肚皮，威嚴地歪頭盯著自己。他在長安做慣了卑躬屈膝的小官，發現牠頤指氣使的眼神竟與自己的上司一樣。多年的積習，讓他鬼使神差地湊過去，伸手摸摸花狸的肚

52 東市狗脊嶺，唐朝長安處決刑犯的地方。

皮。李善德做小伏低，把那花狸伺候得呼嚕一陣又一陣。

漫漫長夜，居然就這麼擼過去了。

*

轉眼時曆翻至三月十九日，又是個豔陽熱天。

阿僮懷裡抱著花狸，在官道路口等候。她身後一字排開十個水缸，水缸裡泡著近一百斤催熟的三月紅。按照李善德的要求，這些果子事先還用鹽水洗過一遍。

很快從遠處傳來密集的馬蹄聲，一支馬隊轉瞬即至。為首的除李善德之外，還有個老胡商。二人身後四名騎手皆是行商裝扮，坐騎與嶺南常見的蜀馬、滇馬不同，是高大的北馬。這些馬的背上搭著一條長席，席子兩側各吊著一個藤筐，筐內各放一個窄口矮罈，旁邊還捆了一圈六七個拳頭大小的小罈子。

馬隊來到近前，李善德向阿僮打了個招呼。阿僮發現他臉色蒼白，雙眼周圍一圈灰黑，連頭髮都比之前斑白了幾分。她懷裡的花狸叫了一聲，可李善德沒有看過去，一臉嚴肅地發號施令。

那些騎手紛紛下馬，從水缸裡撈出荔枝。只見荔枝個個鱗斑凸起，豔紅如丹，確實是熟得差不多了。他們從腰間取出一疊方紙，把荔枝一個個包住，然後放入罈中。

阿僮忽然發現，馬匹一動，那罈子裡就會傳來咣噹咣噹的水聲。她大驚，趕緊對李善德道：「荔枝泡在水裡超過一日，就會爛了。」

李善德微笑道：「不妨事，不妨事，這是特製的雙層甕，外層與裡層之間灌滿了水，可以保持水氣。」

他笑得自然，心卻有點疼。這雙層甕造價可不低，一個要一貫三百多錢，廣州城裡沒有，只有胡人船上才有。

「城人你到底要做什麼？」阿僮不太明白。

李善德擺擺手，示意等一會兒再說。等到騎手們都裝完了，他朝老胡商一頷首。蘇諒走到騎手們面前，手掌輕壓，沉聲道：「出發！」

四個騎手調轉馬頭，各自帶著兩個罈子以衝鋒的速度朝著北方疾馳。一時間塵土飛揚，馬蹄聲亂。待得塵埃重新落地，騎手已化成遠處的四個黑影。過不多時，黑影們分散開來，奔往不同的方向。

李善德望著消失的黑影們，眼神就像窮途末路的賭徒，緊盯著一枚高高拋起尚未落地的骰子。

「子美啊，我如你所願，在此拚死一搏了。」他喃喃道。

李善德四十多年的人生裡，一直在跟數字打交道。及第是明算科，入仕後每日接觸的都是帳冊、倉簿、上計[53]、手實[54]……他不懂官場之術，不諳修詞之道，他一生熟悉的只有數字，也只信任數字，當危機降臨時，他唯一能依靠的，亦只有數字。

從京城到嶺南的漫長旅途中，李善德除了記錄沿途里程外，一直在思考一件事：荔枝轉運的極限在哪裡？

無論是劉署令、韓十四還是杜甫，所有人都認為新鮮荔枝太易變質，不可能運到長安。這個結論沒錯，但太含糊了，沒有人能給出一個詳盡的回答。事實上，直到李善德嚴肅地深入思考這個問題，才發現其複雜得驚人。

什麼品種的荔枝更不容易變質？何時採摘為宜？用飛騎轉運，至少要多快

53　上計，地方政府呈給中央的年度施政成果報告。
54　手實，家戶人口數與土地的戶籍申報。

的速度？與荔枝重量有何關係？飛騎是使用穩定性更好的蜀馬、滇馬，還是用速度更快的雲中馬、河套馬？是走梅關道入江西，還是走西京道入湖南？是順江上溯至鄂州，還是直上汴州？倘若水陸交替，路線如何設計效率最高？每一條路，在荔枝腐壞前，最遠可以抵達何處？

從荔枝品種到儲存方式，從轉運載具到轉運路線，從氣候水文到驛站調度，無數變數彼此交錯，衍生出恆河沙數的組合可能。李善德在途中就意識到，要弄明白這件事，光靠紙面計算無用，必須做一次試驗才能釐清。

單就試驗原理來說，並不複雜。因為把新鮮荔枝運送到長安，只有兩個辦法：延緩荔枝變質的時間，以及提高轉運速度。

關於第一點，李善德沒有太多好辦法。峒人的祕訣不可靠，他唯一的收穫是在胡商的海船上發現了一種雙層甕。這種甕本來用於海運香料，以防味道散失，李善德覺得運送荔枝正合用。可先將荔枝用鹽水洗過，放入內層，繟口密封；然後在外層注入冷水，每半日更換一次，讓甕內溫度不致太熱。

目前也只能做到這個地步了。

而第二點，才是真正的麻煩。

他透過蘇諒的幫助，購置了近百匹馬，雇了幾十名騎手以及數條草撇船[55]，一共分作四隊，各自攜帶裝滿荔枝的雙層甕，從四條路線同時出發。

第一支走梅關道，經虔州、鄂州、隨州，與李善德來時的路一致；第二支走西京道，這是一條東漢時期修建的古道，自乳源至郴州、衡州、潭州，再到江陵，是直線距離最短的一條；第三支也走梅關道，但過江之後，直線北進至宿州，取道大唐的江淮漕運路線，沿汴河、黃河、洛水至京城；第四支則直接登舟，由珠江入溱水、湞水，過梅關入贛水，至長江上溯到漢水、襄州，再轉陸運走商州道。

這四條路線各有優劣，李善德不奢求能夠一舉成功，只想知道新鮮荔枝最遠可以運到哪裡。

阿僮今日看到的，是始發的四個騎手。其他馬匹、騎手與船隻已先一步出發，配置在各條路線的輪換節點上。李善德提出的要求是，不要體恤馬力，跑到荔枝徹底變質為止。為此他還設置了等級賞格，以激勵騎手。

這樣一來，可勉強類推出朝廷最高等級的驛遞速度。

55 草撇船，即哨船，小而快，古代用於水兵操練、偵巡的船隻。

然而，饒是李善德精打細算，成本也高得驚人。一匹上好北馬在廣州的價格，約是十三貫；一名老騎手，一趟行程跑下來，至少也要五貫。倘若算上草料錢、鞍轡錢、路食錢、柴火錢、打點驛站關卡的賄賂，以及行船所衍生的諸項費用，所費更是不貲。

這還只是跑一趟的支出。如果多跑幾次，費用還會翻倍。所以李善德最初的想法，是請經略府提供資助。可惜何節帥袖手旁觀，他只能鋌而走險，選擇與胡商合作。

事實上，對於整個計畫的花錢速度，李善德還是過於樂觀了。他賣通行符牒的那點錢，很快便用盡。最後蘇諒提出一個辦法，先貸兩千五百貫給他，但李善德得再去一次經略府，多討四張空白的通行符牒。

李善德二話不說就同意了，揮筆簽下錢契，他早就麻木了。之前九百九十六貫的福報，在他看來只是等閒，招福寺那兩百貫香積錢，更是癬疥之疾。

解決錢款的問題後，李善德便投入沒日沒夜的籌劃調度中，整個人足足忙了七天，幾乎累到虛脫。一直到馬隊正式出發，李善德才稍稍放鬆心神。人已盡力，靜待天命便是。

他從阿僮手裡接過花狸，抱在懷裡輕輕撓著牠的下巴，感覺一絲莫名的愉悅注入體內。

「阿僮姑娘，真是多謝妳。若沒有妳告訴我三月紅和催熟之術，只怕我已經完蛋了。」

李善德不是客套，他最大的敵人是時間。這個試驗必須攜帶荔枝，隨時觀察其狀態。如果等到四月底荔枝熟透後才行動，絕無可能趕上六月一日的貴妃誕辰。阿僮的這兩個建議，幫他搶得足足一個月的時間。

阿僮得意地昂起頭，大大方方等他繼續表揚。可半晌不見動靜，她惱怒地調轉視線，卻發現李善德摩挲花狸的手微微顫抖。

「你怎麼了？病了？」

李善德勉強擠出一個笑容：「不，我是害怕。我這輩子，從來沒花過這麼多錢在一件毫無勝算的事情上。」

「沒勝算的事，你幹麼還要幹？」阿僮覺得這個城人簡直不可理喻。

李善德長長吐出一口氣，彷彿要吐出胸中所有的壘塊。那疲憊至極的神情，反讓他眉宇間擠出一絲堅毅。

「就算失敗，我也想知道，自己倒在距離終點多遠的地方。」

三

「第四路，已過潯陽！荔枝流汁！」

一個僕役抱著信鴿，匆匆跑進屋裡，報告最新傳回的消息。

李善德從案几後站起身，提起墨筆，在牆上的麻紙上點了個濃濃的黑點。

這面土牆上貼的，是一張碩大的格子簿。那格子簿頂上左起一列，從上至下分別寫的是一路、二路、三路、四路；頂上一排，自左而右寫著百里、二百里、三百里……彼此交錯，形成一片密密麻麻的格子。

這是李善德發明的腳程格子。那出發的四隊除了大甕，還帶了同樣規格的一批小甕，每到一地，便開啟一個小甕檢查狀態，並放飛一隻信鴿回報。李善德在廣州一收到消息，立刻按里程遠近，用四色筆填入格子。黑圈為不變，赭點為色變，紫點為香變，朱點為味變，墨點為流汁。

如此一來，每隊人馬奔出多遠，荔枝變化如何，便一目了然。

李善德退後一步，審視良久，長長吐出一聲嘆息。在前五百里，四路進展還算不錯，格子中皆是黑圈，可隨著里程增加，圓點如荔枝一樣，開始陸續發生變化。一旦出現朱色，就意味著荔枝不再新鮮了。

一個刺眼的墨點出現在簿子上，說明荔枝徹底壞掉，這一路宣告失敗。出乎李善德意料的是，其中居然是事先寄予厚望的水路，在出發後第四日下午衝到潯陽口，還來不及入江，荔枝便已變味。前後一千五百八十七里，日行近四百里。

按李善德的設想，行舟雖然不及馳馬，但可以日夜兼程，均速不會比陸運慢多少。可他飛速拿起《皇唐九州坤輿圖》復盤後，發現自己忽略了一件事：從虔州至萬安，有一段「十八險灘」，江中怪石如精鐵，突兀嶙峋，錯峙波面。過往船隻無不小心翼翼，往往要半天之久方能渡過。

當然，即使避開這一段，未來也甚為勘慮。之前李善德測算過，從鄂州入江，順流直下，可以日行一百里。但如果按這條路線返回，則必須溯流逆行，只能日行五十里，這還是遇到風向好的情況。

李善德一陣嘆息。如果有足夠的時間和人手，這些問題都可以預料到，但讓他一個人在七天內設計出四條長路，實在太分身乏術。

唯一讓他略感安慰的是，雙層甕確實發揮作用，讓荔枝的腐壞延緩了一日，四日才開始流汁。雖然聊勝於無，但就如同攢買房的錢，都是一點一點節省下來的。

他放下毛筆，負手走到窗邊。溼暖的氣息令天空更顯蔚藍，每次一有黑影掠過雲端，他的心便猛地跳動一下。今天是三月二十五日，距離試驗隊伍出發已過去六日，差不多到了荔枝保鮮的極限。理論上，四路結果都應該出來了，信鴿隨時可能出現。

這時蘇諒拎著食盒一腳踏進院子，看到李善德仰著脖子等信鴿，不由得笑道：「先生莫心急，鴿子不飛回來，豈不是好事？代表騎手走得更遠啊。」

李善德知道老胡商說得有道理，只是一隻靴子高懸在上，不落下來，心裡始終不踏實。

蘇諒打開食盒，取出一碗蕉葉罩著的清湯：「本地人有句俗話，做人最重要的就是……」

「開心是吧？別囉唆了，我聽得耳朵都要長繭了。」

「事已至此，先生不必過於掛慮。我煲了碗羅漢清肺湯，幫你去去火氣。」

「誰能幫我下碗湯餅[56]吃啊。」李善德抱怨。嶺南什麼都好，就是麵食太少。不過他到底還是接下老胡商的湯，輕輕啜了一口，百感交集。

他自從接下這荔枝使的差遣，長安朝廷也不管，嶺南經略府也不問，只有這老胡商和那個小峒女給予實質上的幫助。他正要吐露感激，老胡商卻慢條斯理地道：「這邊小老代你看著，保證一隻鴿子也不會錯過。先生喝完湯，還是出去轉轉吧，畢竟是敕封的荔枝使，經略府那邊總不好太過冷落。」

李善德的笑意僵在臉上，原來老胡商是來討債的。他為了這個試驗，貸了一筆鉅款，現在得付出代價了。果然是生意場上無親人啊……他抹抹嘴，起身道：「有勞蘇老，我去去就回。」

一想到要從經略府那裡討便宜，他就覺得頭疼。可形勢逼人，不得不去，只好趕鴨子上架。

「先生要記得，跳胡旋舞的要訣，不是隨樂班而動，而是旋出自己的節奏。」老胡商笑吟吟地叮囑了一句。

56 湯餅，即湯麵。形式類似麵疙瘩、手擀麵。

再一次來到經略府門口，李善德這次學乖了，不去何履光那觸霉頭，徑直去找掌書記趙辛民。正巧趙辛民站在院子裡，揮動鞭子狠抽一個崑崙奴[57]，抽得鮮血四濺，哀聲連連。

趙辛民一見是李善德，便放下鞭子，用絲巾擦了擦手，滿面笑容迎過來。李善德見趙辛民袍角沾著斑斑血跡，不敢多看，先施了一禮。趙辛民見他表情有些僵，淡然解釋了一句：「這個蠢僕弄丟了節帥最喜歡的孔雀，這也就罷了，他居然妄圖拿山雞來蒙混。節帥最恨的，除了蠢材，就是把他當蠢材耍的人，少不得要教訓一下。」

李善德不知他是否意有所指，硬著頭皮道：「這一次來訪，是想請趙書記再簽幾張通行符牒，方便辦聖人的差事。」

「哦？原來那張呢？大使弄丟了？」趙辛民的腔調總是拖著長尾音，有點陰陽怪氣。

李善德牢記老胡商的教誨，不管趙辛民問什麼，只管說自己的：「尊駕也

57 崑崙奴，在唐朝泛指來自南洋群島和印度半島的奴隸。

知道，聖上這差事，委實不好辦，本使孤掌難鳴啊。手裡多幾份符牒，辦起事來更順暢。」

趙辛民一抬眉，大感興趣道：「哦？這麼說，新鮮荔枝的事，竟有眉目了？」

「本使在石門山訪到一名叫阿僮的女子，據說她種的荔枝特供給經略府。聖人對節帥的品味一向讚不絕口，節帥愛吃，聖人一定也愛吃。」

趙辛民聞言，面露曖昧：「我聽說峒女最多情，李大使莫非……」

李善德忙把面孔一板：「本使是為聖人辦事，可顧不得其他。」

趙辛民原本很鄙夷這個所謂的「荔枝使」，但今日對談下來，發現這人倒有點意思。他略加思忖，一展袖子：「此事好說，我代節帥做主，這一季阿僮田莊所產，全歸大使調度。」言下之意是，你能把新鮮荔枝運出嶺南，便算我輸。

李善德達成一個小目標，略微鬆了口氣，又進逼道：「本使空有鮮貨，難以調度也不成啊。還請經略府行個方便，再開具幾張符牒，不然功虧一簣，辜負聖人所託。」

他句句都扣著皇上差事，那一句「辜負聖人所託」也不知主語是誰。這位掌書記稍一思忖，展顏笑道：「既然如此，何必弄什麼符牒，我家裡還有幾個不成器的土兵，派給大使隨意使喚。」

趙辛民這一招以進為退，不在劇本之內，李善德登時又不知如何回應了。他在心中哀嘆，胡旋舞沒轉幾圈，別人沒亂，自己先暈了。

趙辛民冷笑一聲，這蠢人不過如此，正轉身要走，不料李善德突然捏緊拳頭，大聲道：「人與符牒，本使全部都要！」

這次輪到趙辛民愕然，怎麼，這大使要撕破臉了？卻見李善德漲紅了臉，瞪圓眼睛，「實話跟你說吧！荔枝這差事，是萬難辦成的，回長安也是死。要麼你讓我最後這幾個月過得痛快些，咱們相安無事；要麼……」他一指趙書記那沾了血點的袍角，「我多少也能濺節帥身上一點汙穢。」

這話說得簡直比山賊匪類還赤裸凶狠。趙辛民被他一瞬間爆發出的氣勢驚得說不出話。李善德喝道：「若不開符牒也罷，請節帥出來給我個痛快。長安那邊，自有說法！」說完徑直往府裡闖。

趙辛民嚇了一跳，連忙攙住他胳膊，把他拽回來：「大使何至於此，區區幾張符牒而已，且等我去去就回。」說完提著袍角，匆匆進入府中。

李善德站在原地等候，面上波瀾不驚，心中卻有一股暢快通達之氣自丹田而起，流經全身，貫通任督，直沖腦門。原來做個惡官悍吏，效果竟堪比修道，簡直可以當場飛升。

韓洄早教導過他，使職不在官序之內，恃之足以橫行霸道。李善德因為性格老實，一直放不開手腳，到了此時終於忍不住爆發。

＊

趙辛民回到府中，何履光在竹榻上午睡方醒。他打著呵欠聽掌書記講完，兩道粗眉微皺：「咦，這隻清遠笨雞，要這麼多通行符牒做什麼？」

「自然是賣給那些商人，謀取巨利。」趙辛民洞若觀火。

「兔崽子！敢來占本帥的便宜！」何履光破口大罵。

趙辛民忙道：「他這個荔枝使做到六月一日，就到頭了。他大概是臨死前要為家人多撈些，便也沒什麼顧忌了。」

何履光摸摸頷下鬍子，想起第一次見面，那傢伙伏地等著受死，確實一副不打算活的樣子。這種人其實最討厭，像蚊子一樣，一巴掌就能拍死，但流出的卻是你的血。

他倒不擔心在聖人面前失了聖眷，只是朝中形勢錯綜複雜，萬一哪個對手藉機發難，嶺南太過遙遠，應對起來不比運荔枝省事。

「娘的，麻煩！」何履光算是明白這小使臣為何有恃無恐了。

「節帥，依我之見，咱不妨這次暫且遂了他的願，任由他發個小財。等過了六月一日，長安責問的詔書一到，咱們把他綁了送走，借朝廷定下的罪名來算這幾份符牒的帳。那些商家吃下多少，就讓他們吐出十倍，豈不更好？」

何履光喜上眉梢，連連說：「此計甚好，你去把他盯牢。」

於是趙辛民先去了節帥堂，把五份通行符牒做好，拿出來送給李善德。

李善德鬆了一口氣，拿過符牒便要走，趙辛民又把他叫住，一指那捆在樹上的崑崙奴：「大使不是說人、牒都要嗎？這個奴僕你不妨帶走。」

李善德看了看，這個崑崙奴與長安的崑崙奴相貌不太一樣，膚色偏淺，應該是林邑[58]種，不過眼神渾濁，看起來不太聰明的樣子。他心想不拿白不拿，便點頭應允。

58 林邑，占族古國，位於今越南中部。

趙辛民把那林邑奴的繩子解開，先用唐言喝道：「從今日起，你跟隨這位主人，若有逃亡忤逆之舉，就小心你的皮骨！」林邑奴諾諾稱是。

趙辛民忽又轉用林邑國語道：「你看好這個人。他有什麼動靜，及時報與我知，知道嗎？」林邑奴愣了愣，又點了一下頭。

*

蘇諒正在館驛內欣賞那張格子圖，忽見李善德回來，身後跟著一個奴隸捧著五份符牒，便知事情必諧，大笑著迎出來。

「幸不辱命。」李善德神采飛揚，感覺從未如此好過。

「先生人中龍鳳，小老果然沒看走眼，而且居然還多帶了一個林邑奴啊。」蘇諒接過符牒，仔細查驗了一遍，全無問題。這五份符牒，就是五支免稅商隊，可謂一字千金。

林邑奴放下符牒，一言不發，乖乖退到門口去守著。

李善德著急催問：「外面有新消息了嗎？」

「鴿子都飛回來了，我已幫先生填入格子。」蘇諒又忍不住讚嘆道，

「你這個格子簿實在好用，遠近優劣，一目了然。我們做買賣的，商隊行走四方，最需要的就是這種簿子。不知老夫可否學去一用？」

「這個隨你。」李善德不關心這些事，他匆匆走到牆前，抬眼一看，牆上格子都變成了墨點，字面意義上的全軍盡墨。

第一路走梅關道，荔枝味變時已衝至江夏，距離鄂州一江之隔。

第二路走西京道，最遠趕到巴陵，速度略慢，這是因為衡州、潭州附近水道縱橫。不過卻是四路中距離京城最近的。

第三路北上漕路，是唯一渡過長江的一路，跑了足足一千七百里，流汁前奇蹟般地抵達同安郡。但代價是馬匹全數跑死，人員也疲憊到極限，再也無法前進。

第四路走水路，之前說過了，深受險灘與溯流之苦，只到潯陽口。

李善德仔細研讀格子內顏色與距離的變化關係，得出一個結論：在前兩日的色變期，雙層甕能有效抑制荔枝變質，可一旦進入香變期，腐化便一發不可收拾。四路人馬攜帶的荔枝，皆在第四天晚或第五天一早味變，可見這是荔枝保鮮的極限。

這段時間內，最出色的隊伍也只完成不到一半路程，差距之大令人絕望。

「看來有必要再跑一次！」

李善德敲擊案几，喃喃說道。他注意到老胡商臉色變了一下，急忙解釋，第二次不必四路齊出，只消專注於梅關道與西京道的路線優化即可，費用沒那麼大。蘇諒這才稍微鬆了一口氣。

兩者一個勝在路平，一個勝在路近。如何抉擇，還要取決於渡江之後去京城的路線。其中變化，亦是複雜。

兩人嘀嘀咕咕，全然忘了門口一雙好奇的眼睛，也緊盯著那幅格子圖。

五日之後，三月三十日，兩路重組的轉運隊，再次疾馳而出。這一次，李善德針對路線和轉運方式做了調整，兩隊攜帶半熟的青荔枝，看在路上能否自然成熟，將變質的時間延後一點點。

阿僮望著他們遠離的背影，忍不住咕噥一句：「這麼多荔枝全部糟蹋了，你莫不是個傻子？」

「總要看到黃河才死心……不對，看到黃河代表已經跑過長安了。」李善德現在滿腦子只有路線規劃。

阿僮不明白這句話的意思，但聽語氣能感覺到，這城人情緒很是低落。她一拍他後腦杓：「走，到我莊上喝荔枝酒！今天開罈，遠近的人都會去。」

「我就不去了，我想再研究一下驛路圖。」

「有什麼好研究的！射出片箭放下弓，箭都射出去了，你還惦記什麼？」

「可是……」

「你再囉唆，信不信之後在石門山一顆荔枝都買不到？」

阿僮不由分說，把花狸往李善德懷裡一塞。花狸威嚴地瞥了這個男人一眼，李善德面對主君，只得乖乖聽命。

兩人一狸朝著荔枝莊走去，身後還跟著一個沉默的林邑奴。到了莊裡，一個不大的酒窖前已聚集了好些峒人，人人手裡拿著粗瓷碗或木碗，臉帶興奮。酒窖的上方，擺著一尊鎦金佛像。

據阿僮說，每年三月底四月初，荔枝即將成熟，這是熟峒——種荔枝的峒人——一年裡最重要的日子。大家會齊聚石門山下，痛飲荔枝酒，向天神祈禱無蝙蝠鳥蟲來搗亂。

這種荔枝酒，選的料果都是三月的早熟品種，不堪吃，但釀酒最合適。先去皮掏核，淘洗乾淨，讓孩子把果肉踩成漿狀，與蔗糖、紅麴一併放入罈中，深藏窖內發酵。到了日子，便當場打開，人手一碗。

李善德一出現在酒窖前，人群裡立刻響起一陣嬉笑。一個聲音忽道：

「倘若想讓荔枝不變味，可有什麼辦法？」另一個聲音立刻接道：「你別摘下來啊。」又是一陣哄堂大笑。

這是那日李善德請教阿僮的話。峒人的笑點十分古怪，覺得這段對答好玩，只要聚集人數多於三人，就會有兩個人把對答重演一遍，餘者無不捧腹，幾日之內，這段對答傳遍整個石門山，成為最流行的城人笑話。

阿僮喝罵道：「你們這些遭蟲啃，這是我的好朋友，莫要亂鬧！」

李善德倒不介意，摸著花狸說：「無傷大雅，無傷大雅。」長安同僚日常開的玩笑，可比這個惡毒十倍。假若朝廷開一個忍氣吞聲科，他定能輕鬆拿到狀元。

阿僮讓李善德在旁邊看著，然後招呼那群傢伙開始祭拜。峒人的儀式非常簡單，酒窖前頭早早燃起一團篝火，諸色食物插在竹籤上，密密麻麻豎在火堆周圍，猶如籬笆一般密集。在阿僮的帶領下，峒人們朝著佛像叩拜，齊聲唱起歌來。

歌聲旋律古怪，別有一種山野味道。李善德雖聽不懂峒語，大概也能猜出，無非是祈禱好運好天氣之類的。他忍不住想，當年周天子派采詩官[59]去各地搜集民歌，他們聽到的《詩經》原曲是否也是同樣的風格。

至於那個佛像，李善德原本以為他們崇佛，後來才知道，峒人的天神沒有形象，所以就借用廟裡的佛像來拜，有時候也借道觀裡的老君，只要有模樣就成，什麼模樣都無所謂……

祭拜的流程極短，峒人們唱完歌曲後，視線都集中在酒窖，眼神火熱。阿僮砸開封窖的黃泥，很快端出二十幾個大罈子。峒人們歡呼著，排隊用自己的碗去舀，舀完一飲而盡，又去篝火旁拿籤子，邊排隊等著舀酒邊吃。

阿僮為李善德盛了一碗荔枝酒過來，他啜了一口，「噗」地噴了出來。剛才阿僮講釀造過程，李善德就覺得不對勁，按理說果酒發酵起碼得三個月，怎麼荔枝酒才入窖幾天就能喝？這一嘗才知道，除紅麴、蔗糖外，峒人還在荔枝酒罈裡倒入大量米酒。

難怪七八日便可以開窖，這哪裡是荔枝酒，分明是泡了荔枝的米酒。這

59 采詩官，始於周朝，到民間蒐集詩歌的官員。

些峒人，只是編造個名目酗酒罷了！

眾人正熱鬧著，蘇諒也來了，老胡商先是跟李善德講了幾句目前的進度，然後樂呵呵地捧出一罈酒：「這些天忙得太緊張了，不如趁機歇歇。小老也帶了點家鄉美酒，大家一起湊個趣。」

他常年在海上行商，比李善德懂得如何鼓舞士氣。這一罈波斯酒端出來，引得峒人紛紛歡呼起來，把大碗裡的荔枝酒倒掉，爭先恐後地過來舀酒。這些漢子看起來痴痴傻傻，對於酒可是一點都不含糊。

李善德其實也好酒，只是很少有機會暢飲。誠如蘇諒所言，這次轉運試驗的壓力太大，確實要放鬆一下才好。他為自己和蘇諒各舀了一碗荔枝酒，倚靠著荔枝樹，笑著看峒人們熱鬧爭搶的荒唐場面。

「李大使啊，你可真是個怪人。」蘇諒一碗酒下肚，話多了起來，「我接觸過那麼多大唐官員，沒有一個像你這樣的。說你精明嘛，你又比他們傻多了，傻到我都不忍心騙你；說你傻嘛，你又搞出這些名堂，我都沒見過，回去跟其他商人一講，個個都說好。」

李善德哈哈一笑：「人家擅長的那些詩詞歌賦、逢迎討好，我一概不會。我是明算科出身，只會幹明算科的事。您覺得好，儘管拿去，也不枉我虛忙一場。」

蘇諒側眼端詳他一陣，忍不住感慨：「明人不說暗話。剛開始，小老只想從你那裡弄來幾份符牒，至於荔枝轉運成不成，與我沒什麼關係。後來眼見你做得有些眉目了，小老也是為了日後有大收益，才提前投資些錢貨。你不會怪我唯利是圖吧？」

「這是哪裡話，若沒有你的錢，我只怕已經去投珠江了，哪裡還有今天？天下熙熙，皆為利來；天下攘攘，皆為利往。談錢有什麼不好？孔老夫子困在陳蔡之間，不也要借了錢糧，才能繼續周遊列國嗎？」

蘇諒見李善德眼睛有些發直，似是有了醉意，正要勸他別喝了，卻不防被他按住：「蘇老丈，你這分恩情，我會記一輩子的！呃，一輩子！」

蘇諒稍微有些動容，拍了拍他的肩膀：「你我雖然相識日短，而且是以利相交，但和你一起做事，實在是舒服、踏實。一件件事情，分析得明明白白，沒有虛頭。我們商人，最重視的就是明白，做人最重要的就是開心，做事嘛，也要和明白人一起做，才開心。來，來，喝！」

兩碗荔枝酒，咣地一碰，連碗都碰缺了一個口。

跟蘇諒喝完這一輪，李善德整個人醉醺醺的，起身晃蕩著去舀酒，發現那個林邑奴站在旁邊，直勾勾地盯著自己手裡的碗。李善德笑道：「痴兒莫不是也饞了？來，來，我敬你一碗酒！」說著舀了一碗荔枝酒，遞到他面前。

林邑奴嚇了一跳，伏地叩頭，卻不敢接：「奴僕豈能喝主人的東西？」

李善德嚷嚷道：「什麼奴僕！我他媽也是個家奴！有什麼區別！今天都忘了，忘了，都是好朋友，來，喝！」同時將酒碗強行塞給他。

林邑奴戰戰兢兢地接過，用嘴唇碰了碰，見主人沒反應，才咕嚕咕嚕一飲而盡。

也許是酒精的作用，林邑奴忍不住發出一聲尖嘯，似是暢快至極。李善德哈哈大笑，扔給他一個空碗，讓他自己去舀，然後晃晃蕩蕩朝著篝火走去。

此時篝火旁的場面已是混亂不堪，幾輪喝下來，所有人都捧著酒碗到處亂走，要麼大聲叫喊，要麼互相推搡，伴隨著一陣一陣的笑聲和歌唱聲。

李善德正喝得歡暢，對面一個峒人跑過來，大聲問道：「你們長安，可有這般好喝的荔枝酒？」

「有！怎麼沒有！」李善德眼睛一瞪，將烤好的青蛙咬下一條腿，嚥下去道，「長安的果酒，可是不少呢！有一種用葡萄釀的酒，得三蒸三釀，釀出來的酒水比琥珀還亮。還有一種松醪酒，用上好的松脂、松花、松葉，一起泡在米酒裡，味道清香；還有什麼『石榴酒，葡萄漿。蘭桂芳，茱萸香。願君駐金鞍，暫此共年芳。願君解羅襦，一醉同匡床……』」

他說著說著，竟唱起喬知之[60]的〈倡女行〉。那些峒人不懂後頭那些詞是什麼意思，以為都是酒名，跟著李善德嗷嗷唱。李善德興致更濃，又喝了一大口酒，抹抹嘴，竟走到人群中央，當眾跳起胡旋舞。

上林署的同僚沒人知道，這個老實木訥的傢伙，其實是胡旋舞高手。年輕時他也曾技驚四座，激得酒肆胡姬下場同舞，換來不少酒錢。可惜後來案牘勞形，生活疲累，不復見胡旋之風。

這一刻，他忘記了等待的貴妃，忘記了自己未知的命運，忘記了長安城的香積貸，只想縱情歌舞，像當年一樣跳一支無憂無慮的胡旋舞。夜色之下，躍動的篝火旁邊，一個滿臉褶皺的中年人單腳旋轉，狀如陀螺，飄飄然如飛升一般。

蘇諒一邊拍手打著節奏，一邊用波斯語叫好，阿僮支著下巴，嗤嗤笑著看

60 喬知之，唐朝詩人暨政治家。其父喬師望是高祖李淵女兒的駙馬。〈倡女行〉描繪的是青樓女子。

熱鬧，其他峒人一邊歡呼，一邊圍在李善德四周，像鴨子一樣擺動身體，齊聲高歌，歌聲穿行於荔枝林間。

石榴酒，葡萄漿。蘭桂芳，茱萸香。
願君駐金鞍，暫此共年芳。
願君解羅襦，一醉同匡床。
文君正新寡，結念在歌倡。
昨宵綺帳迎韓壽，今朝羅袖引潘郎。
莫吹羌笛驚鄰里，不用琵琶喧洞房。
且歌新夜曲，莫弄楚明光。
此曲怨且豔，哀音斷人腸。

荔酒醇香，馬車飛快，眾人唱得無不眼睛發亮。李善德舞罷一曲，一揮手：「等我回去長安，搞些來給你們喝！」眾人一起歡呼。

這時阿僮走過來，臉頰紅撲撲的，顯然也喝了不少。她「咕咚」坐到李善德身旁，晃著脖子：「先說好啊，我要喝蘭桂芳，聽名字就不錯。」

李善德醉醺醺道：「最好的蘭桂芳，是在平康坊[61]二曲。可惜那裡的酒哇，不外沽，你得送出纏頭[62]人家才送。我沒去過，不敢去，也沒錢。」

「那我連長安都沒去過，怎麼喝得到？」

「等我把這條荔枝道走通吧！到時候妳就能把新鮮荔枝送到長安，得聖人賞賜，想喝什麼都有了！」

阿僮盯著李善德，忽然笑了：「你剛才醉的樣子，好似山裡的猴子。明明都是城人，你和他們怎麼差那麼多？」

「阿僮姑娘妳總這麼說，我到底哪裡不同？」

「你知道大家為什麼來我這裡喝荔枝酒嗎？因為當年我阿爸是部落裡的頭人，他聽了城人的勸說，從山裡帶著大家出來，改種荔枝，做了熟峒。大部分族人平日做事的莊子，都是包榷商人建的，日日勞作不得休息。所以大家一年只在這一天晚上，聚到我這裡放鬆一下。」

「妳原來是酋長之女啊。」

61 平康坊，唐朝長安妓女的居住地。
62 纏頭，意指支付給歌伎或是妓女的費用。

「什麼酋長，頭人就是頭人。」阿僮掃視林子裡的每一棵樹，目光灼灼，「這莊子是我阿爸阿媽留給我的，樹也是他們種的，我得替他們看好這裡，替他們照顧好這些族人，不讓壞人欺負。」

李善德有些心疼地看著女子瘦窄的肩膀，看不出阿僮小小年紀，已經扛起這麼重的擔子。

「我本以為我很苦，妳逍遙自在，看來妳也真不容易啊。」

「嘿嘿，只有你才會問這種問題。」阿僮撓了一下花狸的毛皮，促狹地眨了眨眼，「無論是經略府的差吏還是榷商，他們只算荔枝收成多少斤，多了貪掉，少了打罵，從來沒把我們當朋友，也沒來我這裡喝過酒、吹過牛，更不會問我這樣的話。」

「我可不是吹牛！長安真的有那麼多種酒！」

阿僮哈哈一笑：「我勸你啊，還是不要回去了，新鮮荔枝送不到那邊的。你把夫人孩子接來，躲進山裡，不信皇帝老兒能來抓。」

「不說這個！不說這個！」李善德迷迷糊糊，眼神都變得渙散，「我現在只想知道，有什麼辦法讓荔枝不變味。」

「你別摘下來啊。」阿僮機靈地回道。

李善德還是不知道，這段子哪裡好笑。不過他此時也沒辦法思考，一仰頭，倒在荔枝樹下呼呼睡去。

*

次日，李善德醒來，頭疼不已，發現自己居然置身於廣州城的館驛裡。一問才知道，是林邑奴連夜把他扛回來的。一起帶回來的，還有一小筐剛摘下來的新鮮荔枝。

李善德這才想起來，自己忙碌了這麼久，居然還沒吃過新鮮荔枝。阿僮家的荔枝個頭大如雞蛋，他按照她的指點，按住一處凹槽，輕輕剝開紅鱗狀的薄果皮，露出裡面晶瑩剔透的果肉，顫巍巍的，猶如軟玉。他放入嘴中，合齒一咬，汁水四濺，一道甘甜醇香的快感霎時流遍百脈，不由得渾身酥麻，泛起一層雞皮疙瘩。

那一瞬間，他想起十八歲那年在華山，當時一個少女扭傷了腳，哭泣不已，他自告奮勇把她背下山。少女柔軟的身軀緊緊貼在他脊背上，腳下是千仞的懸崖，摻雜著危險與水粉香氣的味道，令他產生一種微妙的愉悅感。

後來兩人成婚，他還時時回味起那一天走在華山上的感覺。今日這荔枝的口感，竟和那時的感覺如此相似。

怪不得聖人和貴妃也想吃新鮮荔枝，他們也許想重新找回兩人初識時，那種臉紅心跳的感覺吧？李善德嘴角露出微笑，可隨即覺得不對，他倆初次相識，還是阿翁與兒媳婦的關係……

李善德趕緊拍拍臉頰，提醒自己這些事莫要亂想，專心工作，專心工作。

六日之後，兩路飛鴿盡回。

這一次的結果，比上一次好一些。荔枝進入味變期的時間，延長了半日；而兩路馬隊完成的里程，比上次多了兩百里。

有提升，但極為有限。

所有的數據都表明，速度提升已達到瓶頸，五天三千里是極限。

當然，如果朝廷舉全國之力，不計人命與成本，轉運速度一定可以再突破。李善德曾在廣州城的書鋪買了大量資料。其中《後漢書》裡記載，漢和帝時期，嶺南也曾進貢荔枝，當時的辦法就是巒幹，書中寫道：「十里一置，五里一候，奔騰阻險，死者繼路。」

但這種方式地方上無法承受，貢荔之事遂絕。也就是說，那只是一個理想值，現實中大概只有隋煬帝有辦法重現這樣的「盛況」。

李善德再一次瀕臨失敗。不過樂觀點想，也許他從來沒有接近成功。他不甘心，既然速度提升到了極限，便只能從荔枝保鮮方面再想辦法了。

李善德把《和帝紀》捲好，繫上絲帶，放回架上的《後漢書》類裡，旁邊還擺著《氾勝之書》、《齊民要術》之類的農書，都是他花重金——蘇諒的重金——買下來的。

他昏天黑地看了一整天，可惜一無所獲。嶺南這個地方實在太過偏僻，歷代農書多是中原人所撰，幾乎不會關注這邊。李善德只好把搜索範圍擴大到所有與嶺南有關的資料。從《史記》的南越國到《士燮集》、《扶南記》，全翻閱一遍，知識學了不少，但有用的一點也無。

唯一有點意思的是，《三輔黃圖》裡的一樁漢武帝往事：當時嶺南還屬於南越國，漢軍南征將之滅掉以後，漢武帝為了吃荔枝，索性移植了一批荔枝樹種到長安的上林苑，還特意建了一座扶荔宮。結果毫不意外，那批荔枝樹在同年秋天就全部死了。

巧合的是，漢代上林苑，與如今的上林署管轄範圍差不多，連名字都繼承下來。李善德忍不住想，這是巧合還是宿命輪迴？幾百年前的上林苑，或許也有一個倒楣的小官吏攤上荔枝移植的差事，並為此殫精竭慮，疲於奔命。那些荔枝樹死了以後，不知小官吏會否因此掉了腦袋。

可惜史書裡不會記錄這些瑣碎小事，後世讀者，只會讀到「起扶荔宮，以植所得奇草異木」短短一句罷了。李善德閱書至此，不由得一陣苦笑，嘴裡滿是澀味。

阿僮那句無心的建議，驀然在他心中響起：「你把夫人孩子接來，躲進山裡，不信那皇帝老兒能來抓。」難道真要遠遁嶺南？李善德一時游移不決。他已經窮盡一切可能，確實沒有絲毫機會把荔枝送去長安。

拚死一搏也分很多種，為皇帝拚，還是為家人拚？

到了四月七日，阿僮派人過來，說她家最好的荔枝樹開始過殼了，喚他去採摘。李善德遂叫上林邑奴，又去了石門山。

此時的荔枝園和之前大不相同，密密麻麻的枝條上，挑著無數紫紅澄澄、圓滾滾的荔枝，在濃綠映襯下嬌豔非常。長安上元夜的時候，掛滿紅燈籠的花萼相輝樓也是這般興隆景象。李善德怔怔看了一陣子，意識到這是個徵兆，自己怕是再沒機會見到真正的上元燈火了。

幾十隻飛鳥圍著園子盤旋，想看準機會大吃一頓，可惜遲遲不敢落下，因為峒人們騎在樹杈上，一邊摘著果子，一邊放聲歌唱。大多數人唱的是祭神歌，還有幾個怪腔怪調的嗓門，居然唱著荒腔走板的〈倡女行〉。

「你們峒人還真喜歡唱歌啊……」

「什麼呀！」阿僮白了他一眼，「這是為了防止他們偷吃！摘果子的時候，必須一直唱，唱得多難聽也得唱。嘴巴一唱歌，就顧不上吃東西啦。」

正巧旁邊一棵樹上的聲音停頓，阿僮抓起一塊石頭丟過去，大吼一聲，很快地難聽沙啞的歌聲再度響起。李善德一時無語，這種監管方式當真別具一格，跟皮鞭相比，說不上是更野蠻還是更風雅一些。

「對了，我下定決心了。我會把家人接過來，到時候還得靠姑娘庇護。」

阿僮大為高興：「你放心好了，我家是頭領，不管是莊裡的熟峒還是山裡的生峒，都賣我面子，隨你去哪裡。」

「我聽說山裡的生峒茹毛飲血，只吃肉食。若有可能，還是希望她們娘倆留在莊裡。」

李善德重重嘆息一聲，只覺雙肩沉重，壓得脊背下彎。要住慣長安的家人移居嶺南，這個重大抉擇讓他一時難以負荷。阿僮見他還是愁眉苦臉，便把他帶去荔枝林中，扔給他一把小刀、一個木桶：「來，來，你親自摘幾個最新鮮的荔枝嘗嘗，便不難受了。」

李善德悶悶地「嗯」了一聲。他看到有一叢枝條被果子壓得很低，離地不過數尺，便隨手去揪。這一揪，樹枝一陣晃動，荔枝卻沒脫落，李善德又使出幾分力氣，才勉強弄下來。他剝開紫紅色的鱗殼，一陣清香流瀉而出，裡面瓤厚而瑩，當真是人間絕品。

阿僮開心地攤開手，在林中轉了好幾圈：「這裡每一棵樹，都是我阿爸阿媽親手挑選，親手栽種，全是上好品種。雖然他們不在了，可每次我吃到這樣的荔枝，就想起小時候他們抱著我，親我，一樣甜，一樣舒服。有時候我覺得，也許他們一直在這裡陪著我。」

李善德把荔枝含在嘴裡，望著紅豔，嗅著清香，嚼著甘甜，心中忽地輕鬆起來。他夫人和女兒都愛吃甜的，在嶺南有這麼多瓜果可吃，足以慰思鄉之情了。至於長安，雖然他很捨不得繁華熱鬧，可畢竟有命才能享受。而歸義坊那所宅子，大不了讓招福寺收走，也沒什麼可惜的。

人一想通，連食欲都大開。他拿過一個木桶，伸手去摘，一口氣揪下二十幾個，然後……然後就沒力氣了……荔枝生得結實，得有足夠的力氣才能拽脫，有時候還得笨拙地動刀，才能順利取下。

周圍峒人們不知何時停止歌唱，都攀在樹上哈哈大笑。李善德莫名其妙，不知自己又幹了什麼傻事。這時阿僮走過來，一臉無奈，「城人就是城人，這都不懂！我給你一把刀，幹麼用的啊？」她見李善德仍不開悟，恨恨又扔過一個木桶，「你瞧瞧，這兩桶荔枝有什麼不一樣？」

李善德低頭一看，自己這桶裡都是荔枝果，而阿僮的桶裡，豎放著許多切下來的短枝條，荔枝都留在枝上。

「荔枝的果蒂結實，但枝條纖弱。你要是只揪果子，早累死啦。我們峒人都是拿刀直接把枝條切下來，這樣才快。」阿僮拉過旁邊一根枝條，手起刀落，俐落地切下一截，長約二尺，恰好與木桶齊平，讓荔枝留在桶口。

「這麼摘……荔枝樹不會被砍禿嗎？」

「砍掉老枝，新枝長得更壯，來年坐果更多。」阿僮把木桶拎起來，白了他一眼，「你來這麼久，沒去市集上看看？荔枝都是一枝一枝賣的。」

李善德暗叫慚愧，來嶺南這麼久，他一頭栽進荔枝果園，還真沒去市集上逛過。他突然想到一個訓詁問題，荔枝荔枝，莫非本字是「劙」枝？劙者，呂支切，音離，其意為斫也、解也、砍也。先賢取名果然是有深意的！

「而且這麼摘的話，荔枝不離枝，可以放得略久一點。」阿僮似笑非笑地看著他，「現在你知道自己為何被那些熟峒取笑了吧？」

彷彿為她做註腳似的，兩個莊工又一次學起他們的對話：

「有什麼辦法，讓荔枝不變味。」

「你別摘下來啊。」

李善德呆住了，原來峒人們笑的是這個意思，不是笑他為何從樹上摘下來，而是笑他為何不知摘荔枝要帶枝截取。

一絲龜裂，出現在他胸中的壘塊表面。李善德失態地抓住阿僮的雙肩：「妳……妳怎麼不早說！」

「說什麼？」阿僮莫名其妙。

「荔枝不離枝，可以放得久一點！」

「你不是要把荔枝一粒粒用鹽水洗過，放在雙層甕裡嗎？怎麼帶枝？」阿僮大為委屈，「再說帶枝也只能多維持半日新鮮，沒什麼用。」

李善德沒有回答，他張大了嘴，無數散亂的思緒在腦中盤旋碰撞。

「漢武帝……起扶荔宮，以植所得奇草異木。」

「有什麼辦法，讓荔枝不變味。」

「十里一置，五里一候，奔騰阻險，死者繼路。」

「你別摘下來啊。」

「劙者，呂支切，音離，其意為斫也、解也、砍也。」

李善德突然鬆開阿僮，一言不發地朝果園外跑去，嚇得花狸「嗷」一聲躍上枝頭。阿僮揉著瘦疼的肩膀，有點擔心他失心瘋，趕緊追出去，卻只來得及見李善德騎馬消失在大路盡頭。

「死城人！不要再來了！」阿僮惱怒地跺跺腳，忽然發現耳畔安靜下來，回頭大吼，「懶猴仔！快繼續唱！」

*

廣州城中館驛裡，蘇諒攤開一卷帳簿，正潛心研究荔枝格子簿的原理。他提起毛筆，學著樣子畫出一片方格，琢磨著如何應用到其他生意裡。突然大門「砰」的一聲被推開，嚇得他筆下直線登時歪了半分。

「李大使？」蘇諒一怔。李善德滿面塵土，頭髮紛亂，一張老臉上交織著疲倦和興奮。

李善德顧不得多言，衝到蘇諒面前大聲道：「蘇老，再貸我五百，不，三百五十貫就行！我有個想法。」

蘇諒無奈地搖搖頭：「大使啊，不是小老不幫你。之前兩次試驗結束後，是你自己說的，絕無運到長安的可能。你現在又有新想法了？」

李善德道：「之前我們只是提升速度，總有極限。如今我找到一個保鮮的方法，雙管齊下，便多了一絲勝算！」然後他把離枝之事講了一遍。

蘇諒索性放下毛筆：「此事我亦聽過，可你想過沒有？荔枝帶枝最多延緩半日，且無法用雙層甕，亦不能用鹽水洗濯。兩下相抵又有什麼區別？」

他見李善德猶然不悟，苦口婆心勸道：「大使拳拳忠心，小老知道。只是人力終有窮，勉強而上，反受其害。」

「不，不！」李善德一把將毛筆奪過來，在帳簿上繪出一棵荔枝樹的輪廓，然後在樹中間斜斜畫了一道，「我們不切枝，而是切幹！」

接著他滔滔不絕地把籌劃說了出來。看來自石門山趕回廣州這一路上，李善德已經想清楚了。聽罷，蘇諒這個嗅覺靈敏的老胡商，難得面露猶豫：「這一切，只是大使的猜想吧？」

「所以才需要驗證一下！」李善德狂熱地揮動手臂，「但請你相信我！現在整個大唐，沒有人比我更懂荔枝物性與驛路轉運的事了。」

「今天已是四月七日，即便試驗成功，也來不及了吧？」

「這次我會隨馬隊出發！」李善德堅定道，「成與不成，我都會直接返回長安，對聖人有個交代。」

蘇諒沉默良久。他經商這麼多年，見過太多窮途末路的商人。他們花言巧語，言詞急切，妄圖騙到投資去最後博一把，以此翻身。可惜，他們嘴裡吹出的泡沫，比大海浪頭泛起的更多。然而，不知為何，眼前這個頭髮斑白、畏縮怯懦的絕望官吏，卻閃著一股前所未見的凜凜光芒。

「好吧，這次我再提供大使五百貫經費。」蘇諒似乎下定了決心。

李善德大喜，一擼袖子，說：「你把錢契拿來吧，我簽。」他如今見過世面了，區區幾百貫的借契，簽得勝似閒庭信步。

蘇諒微微一笑，取出另外一軸紙：「還有這一千貫，算是小老奉送。」

「你還要多少通行符牒？」李善德以為他又要拿什麼交換。

「夠了，那東西拿多了，也會燙手。」蘇諒把紙朝前一推，「這一次不算借貸，算我投資大使一個前程。」

「前程？」

「這次試驗若是成功，大使歸去京城，必然深得聖眷。屆時荔枝轉運之事，也必是大使全權處理。小老的商團雖小，卻也支應了大使幾次試驗，若能為聖人繼續分憂報效，不勝榮幸。」

李善德聽懂了，蘇諒是想要吞下荔枝轉運的差遣。所謂「報效」，是指朝廷將一些事務交給大商人來辦理，所支費用，以折稅方式補償。比如有一年，聖人想在興慶宮沉香亭植牡丹千株，上林署接了詔書，便委託洛陽豪商宋單父代為報效籌措。聖人得了面子，上林署得了簡便，宋單父則趁機運入秦嶺大木數百根，得利之豐，甚於花卉支出十倍。

若蘇諒能吃下荔枝轉運的報效，其中的利益絕不比宋單父小。

蘇諒見李善德沒回答，開口道：「當然。這保鮮的辦法，是大使所出。小老情願讓出一成利益，權作大使以技入股。」

李善德道：「這辦法成與不成，尚無定論，蘇老這麼有信心嗎？」

「做生意，賭的便是個先機。若等試驗成了再來報效，哪裡還有小老的機會？」

「就這麼說定了！」

李善德一點也不猶豫。他沒有時間了，這將是最後一次試驗，不成功便成鬼。至於想逃到嶺南避罪的念頭，早已拋諸腦後。

接著兩人就一些細節商議起來，全情投入，卻不防屋外有一隻黑色耳朵貼在門上，安靜地聽著。

*

一個時辰後，嶺南經略府後衙。

趙辛民匆匆趕到何履光的臥室門口，敲了敲門環，低聲道：「節帥，有樁急事，須向您稟報。」屋裡傳來一陣窸窸窣窣的聲音，還夾雜著女人略帶不滿的嬌嗔。門一開，何履光只穿著條褻褲出來，一身汗津津的。

「什麼事，這麼急！」

趙辛民一指旁邊跪地的林邑奴：「館驛傳來消息，那個李善德，似乎把新鮮荔枝搞出點眉目了。」

何履光眉頭一擰：「怎麼可能？」

趙辛民狠狠踢了林邑奴一腳，「這個林邑奴太蠢笨，只聽到大概，卻說不清楚！」然後又道，「但至少有一點很確定，蘇諒那隻老狐狸，又投資了一千五百貫。」

胡商向來狡黠精明，無寶處不落。他既然肯投資這麼大的金額，想必是有把握。何履光舔舔嘴脣：「那隻清遠笨雞，還真讓他辦成了？那……要不叫他過來敘敘話？」

趙辛民輕搖一下頭：「節帥，您細想。倘若他真的把新鮮荔枝送到京城，會是什麼結果？」

「聖人和貴妃娘娘肯定高興啊！」

「那聖人會不會想，這麼好吃的東西，為何早不送來？一個上林署的小監事，尚且能把這事辦成，嶺南五府經略使怎麼辦不成？他到底是辦不成，還是不願意辦？我交給他別的事，是不是也和新鮮荔枝一樣？節帥莫忘了，無心與物競，鷹隼莫相猜啊。」

聽趙辛民這一步步分析，何履光胸口的黑毛一顫，牙齒磨動，眼神裡露出凶光。這兩句詩來自嶺南老鄉張九齡，他當年因為位高權重受到李林甫猜忌，聖人聽信讒言，送了他一把白羽扇，暗喻放權。張九齡只好辭官歸鄉，寫了一首〈歸燕詩〉以言其志。

「無心與物競，鷹隼莫相猜。」

他這個嶺南五府經略使看起來威風八面，比之一代名相張九齡如何？比之四鎮節度使王忠嗣如何？看看那兩位的下場，他不得不多想幾步。

「看來，是不能讓他回去了。」何履光決然道。

趙辛民早有成算：「我聽說李善德這次會親隨試驗馬隊出發。只消調遣節下一支十人牙兵隊，尾隨而行。一俟彼等翻越五嶺，隨即動手，偽作山棚為之便是。」

「不成。等快到虔州再動手，便與嶺南無關。聖人過問，就讓江南西道去頭疼吧。」

「遵命。」

何履光把門關上，正欲上榻，忽然聽到耳畔一陣嗡嗡作響，不知何時又有一隻蚊子鑽了進來。嶺南五府經略使揮起巴掌，想要拍死牠，才好繼續雲雨。可那蚊子狡黠之極，瞻之在前，忽焉在後，一直折騰到凌晨也沒消停。

＊

四月十日，阿僮第三次站在路邊，看著李善德的試驗馬隊忙碌。

「城人言而無信，說好了接家人過來，現在倒要跑回長安了。就不該給你荔枝！」她氣呼呼地折斷一根樹枝，丟在地上。

李善德只得寬慰道：「這次若成功了，妳便是專貢聖人的皇莊，周圍誰都不敢欺負妳了。」

阿僮雙眼一瞪：「誰敢欺負我？」

李善德知道這姑娘是刀子嘴，豆腐心，罵歸罵，荔枝可是一點都沒短缺，還叫來好多人幫忙處理。他拍著胸脯說：「嶺南我肯定會回來，為你們多帶長安的美酒！」阿僮這才稍微消了點氣。

「這回真能成嗎？」

「不知道。但我只有這一次機會了，不得不全力而為。」

這一次的馬隊，始發共有五匹馬，沿途配置約二十匹，但牠們的裝備和前兩次截然不同。

每一匹馬上，只掛一個雙層甕。內甕培著鬆軟的肥土，外層灌入清水。但每一個甕的水土比例不盡相同。李善德事先請了一批熟峒傭工，從過殼的荔枝樹枝條上，截下約莫三尺長的分杈。尾端斜切，露出一半莖脈，直接栽入甕中。

分杈的上端伸出三條細枝，上面掛著約莫二十顆半青荔枝。李善德還苦心孤詣請了石門山裡的生峒，用上好的麻藤編了五個罩筐，從上面套住樹冠。這樣一來，既可防止荔枝因為顛簸在途中脫落，也能透水透氣，讓荔樹苟活。

李善德把這段時間他能想到的所有辦法整合起來，命名為「分枝植甕之法」。用這種辦法能不能到達長安，不確定，但每一甕都會毀掉至少一棵荔枝樹，這讓阿僮心疼地嘮叨許久。

然而這靈光一現，只能解決一半問題，真正的考驗還在路上，所以他不得不跟著。

這次試驗至關重要，蘇諒也趕來相送。他看到李善德翻身上馬，準備隨隊出發，有些擔心地仰頭道：「大使，你這身子骨，追得上馬隊的速度嗎？別累死在途中啊。」

李善德一抖韁繩，悲壯慨然道：「等死，死國可乎？」[63]

63 出自《史記．陳涉世家》，全文「今亡亦死，舉大計亦死；等死，死國可乎？」，原意為：逃亡是死，起義也是死，同樣是死，就為國而死，好嗎？

四

江南西道南邊是大庾縣，正南即是五嶺之一的大庾嶺。從梅關道北上，這裡是必經之地。縣內群山聳峙，三道嶺壁封住三面方向，只留一條狹長的驛路向東通往虔州。

往返此間的行商，只能沿著山谷底部的水岸前行。驛路逼仄，兩側蒼山相對而立，彷彿隨時要倒下來似的，遮住大半片青天。要一直走到三十里外的南安縣，視野方才開闊，如雨過天晴般。是以這一段路，被客商們稱為「天開路」。

李善德跟隨試驗馬隊一路馬不停蹄，過韶州，穿梅關，然後沿著天開路朝南安縣趕去。那裡早有第二批馬等待著，輪換後繼續前進。

天開路附近，帶「坑」字的地名頗多，諸如黃山坑、鄧坑、禾連坑、花坑等等。蓋因地勢不平，高者稱「丘」，低者稱「坑」。趕路再急，到了這一段也得放緩腳步，否則一下不慎跌傷，可就滿盤皆輸。

此時一行人正穿過名為「鐵羅坑」的地方，諸騎皆放慢速度。李善德騎術不行，加上年紀大了，這一路強行跟跑下來，屁股與雙髀都痠疼不已。可他大話說出口了，只能咬牙強撐，靠默算里程來轉移注意力。

算著算著，李善德忽然聽到一聲尖嘯，似是山中猿鳴。這裡山高林密，偶有猿猴出沒不算稀奇。可走了一段，這尖嘯聲似乎有點耳熟，好像……喝荔枝酒那天晚上，林邑奴也發出過類似的聲音。

可他根本沒帶林邑奴上路啊。

李善德還沒反應過來，又有一聲吼嘯傳來，這次整個山谷都為之震顫。

大蟲[64]？

騎手們登時臉色大變。五嶺有大蟲並不奇怪，可靠近驛路卻很罕見。

李善德嚇得兩股顫顫，幸虧騎手們都是行商老手。他們一半人拿出麻背弓，開始掛弦；另外一半則掏出火石火鐮，取出背囊裡的駱駝糞點燃。大蟲

64 大蟲，唐朝人為了避高祖李淵的祖父李虎的諱，皆稱老虎為大蟲。

與駱駝生地不同，前者聞到糞味奇異，往往疑而先退。

外圍又安靜了半炷香功夫，一個黑影從山中竄出，幾下翻滾，衝到山麓邊緣，而一頭斑斕猛虎也從密林中追出。李善德定睛一看，驚得叫出聲，那黑影竟真是林邑奴。這人一改在廣州時的呆傻笨拙，動作極為迅捷，真如猿猱一般。

只是不知為何，林邑奴不在山中躲閃，偏要衝入山谷。這裡沒有高樹可供攀緣，也無灌木可供遮蔽，那大蟲卻可奮開四爪，盡情馳騁。眼見林邑奴即將喪生虎口，李善德急忙對騎手們喊道：「諸公，還望出手相救，我這裡為每人奉上酒錢一貫。」

按理說跟大蟲纏鬥，既浪費時間，又有風險。倘若馬匹受驚把荔枝甕弄翻，那就虧大了。可李善德不能見死不救，只好自掏腰包，心想若實在不行，便讓蘇諒把這幾貫錢算進借款裡。

聽主家發了賞格，騎手們便紛紛下馬，拿著弓箭與短刀，舉著燃燒的駱駝糞靠了過去。他們本以為會是一場惡鬥，不料這隻華南大蟲從未見過駱駝，一聞到駱駝糞味，二話不說，調頭跑掉了。

李善德縱馬過去，看到林邑奴趴在地上，渾身劇烈顫抖著，嘴裡不斷咳出鮮血。他以為是被老虎所傷，連忙扶將起來，正要喚人準備傷藥，不料林邑奴卻嘶啞道：「不必了……你們快走，後頭有追兵。」發音居然相當標準。

「追兵？」李善德一頭霧水。他送個荔枝而已，哪裡來的追兵？

林邑奴胸口起伏，斷斷續續講出趙辛民的計畫。李善德這才知道，自己在嶺南一番折騰，竟招致殺身之禍。

「他何履光堂堂經略使，竟對從九品下的小人物下手，這器量比痔瘡還小！」李善德忍不住大罵起來。他低頭看了眼林邑奴，對林邑奴告密的舉動不是很氣憤，這人本就是趙書記的奴隸，盡責而已。倒是自己全無防備，把人心想得太善了。

不過……他既然告了密，怎麼又跑過來了？

林邑奴嚥了嚥唾沫，苦笑道：「向主人盡忠，乃是我的本分，跑來示警，是為了向大使報恩。」

「報恩？」李善德不解，他雖沒虐待過林邑奴，可也沒特意善待他啊。

「那一夜，您給了我一碗荔枝酒……」林邑奴低聲咳嗽了幾下，也許是觸動肺部，雙眼漸漸渙散，「好教大使知……我幼時在林邑流浪乞討，不知父母，後來被拐賣到廣州，入了經略府做養孔雀的家奴。我自記事以來，從來只有主人打罵凌虐、譏笑羞辱。他們把我當成一隻會講話的賤獸，時間長了，我自己也這麼覺……咳咳。」

李善德見他臉色急速變灰，趕緊勸他別說了。林邑奴卻掙扎著，聲音反而大了些，「您敬我的那一碗酒，是我有生以來第一次被人敬酒，也是我第一次被當成人來敬酒，可真好喝呀。」他舔了舔乾裂的嘴脣，臉上似乎浮現笑容，「我記得您還說，我們沒什麼區別，都是好朋友。那我得盡朋友的本分……」

李善德一時無語。他現在想起來了，那天林邑奴喝完酒以後，仰天長嘯，當時他還暗笑，這酒那麼好喝嗎？原來竟有這一層緣由。

「我那是醉話，你也信……」

「醉話也好……也好……好歹這一世，總算有人對我說過這樣的話了……」林邑奴喃喃道，「我向主人舉發了您的事，然後又偷聽到他們密議要派兵追殺您，所以急忙跑出來提醒您。」

「你這是……這是一路跑過來的？」李善德簡直不敢相信。這個人赤腳奔跑，翻越五嶺的速度竟快過馬隊。

林邑奴道：「我是翻山越嶺直線穿過來的，自然比你們走迂迴的山路快，這對林邑人來說不算什麼。只是我沒想到，會被一頭大蟲纏上。更沒想到，您竟然會停下腳步，把牠驅走……」

說到這裡，他再一次咳嗽起來，極其劇烈，嘴裡浮現帶血的泡沫。有老騎手過來檢查了一下，搖搖頭說，他是硬生生把肺跑爆[65]了，油盡燈枯，沒救了。李善德焦慮地搓著手，不知該說些什麼才好。

林邑奴睜圓眼睛：「我這一世入的是畜生道，只有被您當人看待一次。也許託您的福，下輩子真能輪迴成人，值了值了……」他忽地努力把脖子撐起來，嘴巴湊近李善德耳畔，低聲說了幾句，李善德大驚，連忙說：「這怎麼行？！這怎麼行？！」

可他再低頭，林邑奴已沒了聲息。那張覆滿汗水的疲憊面孔上，還略微帶著一絲笑意。

*

65 爆肺，即氣胸。

何押衙[66]對麾下的九名牙兵比了個手勢，解下刀鞘扔在地上，只握緊鐵刀短柄。因為刀鞘上的銅環，可能會驚動休息的人。

五十步外的小樹林中，有一小堆篝火燃燒著，在黑漆漆的夜裡格外醒目。聽不見談話聲，也許是連日趕路太過疲憊所致。

不過無所謂，眼前這些人的底細，他們早已摸清楚。自石門山開拔之後，他們就一直尾隨著這支馬隊，遠遠相隔二十里。按照趙書記的指示，他們直到進入位於江南西道境內的天開路，才徐徐加速，並在黃昏時分追上剛剛抵達鐵羅坑的目標。

何押衙不是個魯莽的人，他為策萬全，特意選擇對方宿營之際發動突擊，不可能有人逃脫。

他們接近到十五步外，何押衙發出短促的哨聲。樹林裡響起一連串踩斷樹枝的聲音，九名精銳同時攻入篝火圈內。可出乎他們意料的是，篝火旁居然空無一人。不，準確地說，還有一個人。這人皮膚黝黑，是個林邑奴，半

66 押衙，武官職名。

倚著樹幹，似乎已經死了。

這人的死狀有些詭異，雙手雙腳從腕處被短刃割開，四道潺潺鮮血流瀉出來，洇紅了身下的泥土。從血液凝固的程度來看，應該有一段時間了，空氣中還殘留著淡淡的血腥味。

「這不是何節帥的家奴嗎？怎麼跑到這裡？為什麼殺他？其他人呢？」

何押衙腦海中浮現數個疑問。他又看了一圈，沒有其他東西，於是一揮手，示意所有人回去上馬，繼續追擊。天開路這裡的地形，注定只有一條路可以走，就算李善德故布疑陣跑了，他們追上去也只是早晚問題。

空氣中除了血腥味，似乎還有一種熟悉的味道。何押衙一邊琢磨一邊往回走，忽然他意識到，這是驅虎用的駱駝糞！他脖頸霎時寒毛倒豎，一個極度危險的預感閃過心頭。何押衙急忙轉動脖子，在火光中，他看到一張額頭畫著「王」字的斑斕獸臉，張開血盆大口……

遠遠的高丘之上，李善德看到篝火堆旁人影錯落，隱隱傳來慘叫聲，趕緊雙手合十，念誦了幾句「阿彌陀佛」，然後才帶著騎手們漏夜前行。

林邑奴臨死前，叮囑李善德把自己的屍體扛到一處林中，點起篝火，趁血液還流動的時候，割開腳踝手腕。老虎這類猛獸報復心極重，那隻白天襲擊他的老虎，應該一直在附近跟著，聞到血腥味一定會過來。

李善德先用駱駝糞圍著營地撒了一圈，待追兵接近，再把剩餘的乾糞收起來，匆匆離去。沒有駱駝糞的壓制，那隻傷人巨獸便會立刻靠近篝火，打算把下午那份逃脫的血食吃掉。

至於十個經略府的牙兵和一隻成年大蟲誰比較厲害，李善德對這個問題一點興趣也沒有。他默默把林邑奴的位置記下，待日後回來，或許能找到殘留的骨殖，接著便埋頭繼續趕路。

過了五嶺之後，馬隊重新找回趕路的步調，在驛道上瘋狂奔馳。李善德於第三天無奈地掉了隊，他的身體實在經受不住太多折磨，再跑下去只怕會比荔枝先死掉。

好在這一次的路線和次序都已經規劃完畢，騎手們也得到詳盡指示。李善德可以慢慢追趕上去，檢視他們留下的紀錄。

李善德根據前兩次的經驗，對第三次試驗的路線進行了微調。轉運隊出發走梅關道，但抵達吉州之後，將不再繼續北上撫州、洪州，而是轉向西北方向，直奔潭州，轉入西京道。這樣一來，既避開了潭州與衡州之間的水澤地帶，也可比梅關道節省四五百里路。

馬隊將穿過潭州西北方向的昌江縣，棄馬登船，循汨羅江進抵洞庭湖，並橫渡長江。渡過之後，再沿漢水、襄河、丹河輾轉至商州。這一路上無險灘惡峽，只要水手夠多，便可晝夜划行不斷，直抵商州。然後隊伍下舟乘馬，沿商州道一口氣衝入關中，一過藍田，灞橋便近在眼前。

這條路線水陸全程四千六百里，避開了大澤、逆流、險灘、川峽、重山等各種險阻，可說是集四路之精華。李善德為了算出這麼一條路，差點把眼睛算瞎。他相信，除非是騰雲駕霧，否則再沒有比這條路更快更穩的了。

四月二十一日，李善德一人一騎，走到基州的章門縣。在一處簡陋的驛館裡，他接到了前方的結果。

五甕荔枝的枝條，從第四天開始相繼枯萎，堅持最久的一甕是第七天。按照預案，騎手們一發現枝條枯萎，便立刻將荔枝摘下，換用之前的鹽洗隔水之法，繼續前進。

之前測試的結果證明，摘下來的荔枝最多堅持五天，考慮到新鮮度的話，只有四天。也就是說，用「分枝植甕之法」和「鹽洗隔水之法」，一共能爭取到十一天。

試驗的結果和這個計算結果驚人地相符。最快的一個轉運隊，在出發後第十一天衝到丹江口，在前往商州道的途中，發現荔枝變了味。

李善德收到這個報告後，不悲反喜。

轉運隊伍不及抵達長安，是在他意料之中。

一個小小荔枝使，調動的資源有限。他一路上只能安排十五個左右的換乘點，平均每三百里才能換一次馬或者船。單以馬行計算，一匹健馬，每跑三十里就得飲水一次，每六十里就得餵料一次，三百里內便得休息十次。每次停留時間差不多兩刻。換句話說，每跑三百里，就有兩個半時辰耗費在休整。這還沒考量到同一匹馬跑了一百里以後，速度便急速衰減。

而且這些騎手皆是民間白身[67]，雖然持有荔枝使簽發的文牒，穿越關津時終究要花上一段時間。

這些限制速度的因素，都是李善德無法改變的。

但朝廷可以。

如果尚書省出面組織，便可動員沿途所有驛站的力量，加快更換頻率，讓

67 白身，即平民。

每一匹馬都跑出衝刺的速度。而且荔枝不涉機密，不必一個使者跟到底，可以頻繁地換手接力。只要持有最高等級的符牒，理論上可以日夜兼程。

當天晚上，李善德埋頭做了一次詳細計算。民間轉運隊伍，尚且可以在十一天內衝到丹江口；以朝廷近乎無限的動員能力，加上李善德設計的保鮮措施和路線，速度將提高三成，十一天絕對可以抵達長安！屆時荔枝應該介於香變和味變之間。

不對！還可以再改進！

他之前聽人說過，用竹籜封藏荔枝的效果也還不錯。如果等枝條枯萎之後，立刻摘下荔枝，放入短竹筒內，再放入甕中，效果更好。

等一下，還可以改進！

他在上林署做了許多年監事，所分管的業務是藏冰。每年冬季，李善德會組織人手去渭河鑿冰，每塊方三尺，厚一尺五寸，一共要鑿一千塊，全數藏在冰窖裡。等到夏季到來，這些冰塊將提供內廷和諸衙署使用。

不僅長安城如此，大唐各地的州縣，只要冬季有冰期，都會建構自己的冰窖儲冰。

荔枝保鮮最有效的辦法，是取冰鎮之。可惜嶺南炎熱無冰，只能用雙層甕灌溪水的方式冷卻，而沿途州縣也不可能開放冰窖給轉運隊使用。

可一旦朝廷出面轉運，情況就不一樣了，各地唯有聽任調遣。轉運隊只要一過長江，便能從江陵的冰窖調冰。

如此施為，荔枝抵達長安時，庶幾介在色變與香變之間，勉強還算新鮮！

然而光有想法還不行，具體的執行方式涉及二十多個州縣的短途供應，何處調冰，何處接應，如何囤冰，冰塊消融速度快慢……等等，不盡早規劃，根本來不及。

靈感源源不斷，毛筆勾畫不斷，李善德此時進入一種道家所謂「入虛靜」的奇妙狀態，過往的經驗與見識融匯成一條大河，汪洋恣肆，奔騰咆哮。這一刻，他不是一個人在計算，而是陳子[68]、劉徽[69]、祖沖之[70]、祖暅之魂魄附體。李善德的眼睛滿布血絲，卻絲毫不覺疲倦，恨不得撬開自己的腦殼，把腦漿直接塗抹在紙卷之上。

---

68 陳子，即陳臻，孟子的弟子。

69 劉徽，魏晉時期的數學家。

70 祖沖之，南北朝的數學暨天文學家；兒子祖暅之也是數學家。

待李善德寫完最後一行數字已是夜半子時，燭花剪了又剪，紙上密密麻麻，滿是令人頭暈目眩的蠅頭小楷，他吹了吹淋漓墨汁，從頭到尾瀏覽一遍，忍不住心潮澎湃。

這份新鮮荔枝的轉運之法，關涉氣候、郵驛、州縣、錢糧等幾大領域，內中細碎繁複之處，密如牛毛，外行人根本難以想像。從驛站之調度、運具之配置、載重與里程之換算，乃至每一顆荔枝到長安的腳費核算，幾乎每一個環節，都須做到極細密、極周至方可。這件事牽一髮而動全身，一處思慮不當，便可能導致荔枝送不到長安。

李善德拿著這本牛毛細帳，心中不期然想起裴耀卿於河口建倉的壯舉。開元二十二年，江淮、河南轉運使裴耀卿受命來到河口，先鑿漕渠十八里，避開三門之險，然後又在河口設置河陰、柏崖、集津、鹽倉諸倉，與含嘉、太原等倉連綴成線，開創節級轉運之法。三年之內，運米七百萬石，節省運費三十萬緡。從此長安蓄積羨溢，天子不必頻繁就食於東都[71]。

71 東都，即洛陽。

當年李善德也被調入幕下，參與磨算，目睹裴大使統籌調度的英姿。他打從心底認為，比起文詞之士，這樣的君士才堪稱國之棟梁。荔枝轉運雖是小道，比不上漕運，但自己如今能追躡前賢，稍覘其影，足以志得意滿了。

念及此，李善德起身推開窗戶，一絲夜風吹入，澄清逼仄小屋中的汙濁之氣。他胸口壘塊盡消，不由得發出一陣長笑。窗下恰好是一汪池塘，池中青蛙突受驚嚇，也紛紛鼓譟起來。嚇得驛長和其他客人從床榻上跳起，以為遇上地震，著實忙亂了一陣。

如今技術方面已無障礙，唯一可慮的，只有時間。

貴妃誕辰是六月一日，從嶺南運荔枝到長安需十一天。也就是說，最遲五月十九日，荔枝轉運隊必須自石門山啟程，這是絕不可逾越的死線。

今天已是四月二十一日，留給李善德說服朝廷以及著手布置的時間，只有不到三十天。

一算到這裡，李善德登時坐不住了。反正他此時興奮過度，根本睡不著，索性喚來一臉不滿的驛長，牽來一匹好馬，連夜匆匆上路。

這一次，他再顧不得自己的雙髀和尊臀，揚鞭疾馳，一把骨頭跑得像荔枝轉運那麼快，幾乎要把自己燃燒殆盡。

＊

四月二十二日寅時末、卯時初，李善德抱著馬頭昏昏欲睡，忽然一陣清風吹過面龐。

這風乾爽輕柔，帶著柳葉的清香，雨後黃土的泥味，還夾雜著一點點羊肉腥膻的麵香味道，令李善德為之一振。嶺南什麼都有，唯獨沒有麥麵，他待在那裡的日子，不止一次夢見吃了滿嘴的胡餅[72]、撚頭[73]、饆饠[74]、餺飥[75]……

李善德緩緩睜開眼睛，他看到遠方出現一道巍峨的青黃色城牆。在晨曦沐浴下，大城的上緣泛著一道金黃色的細邊，好似無形的鎦金匠正澆下濃濃的熔金，隨著時間推移，整片牆體都被金色緩緩籠罩，勾勒出城堞輪廓，整座城市彷彿化為一件精緻莊嚴的金器，恍有永固之輝。

72 胡餅，類似燒餅，包餡或不包餡皆有。
73 撚頭，即饊子，一種油炸的麵食。
74 饆饠，包餡的麵點，類似包子。
75 餺飥，同湯餅。

滿面塵灰、搖搖欲墜的李善德，終於回到屬於自己的城市。

晨鼓聲中，東側的春明門隆隆開啟，活像一位慵懶的巨人打著呵欠。李善德手持敕令，撞開等候進城的人群，從緩緩推開的兩扇城門之間躍了進去。他對長安街道熟稔至極，一刻不停地徑直趕往自己家中。那所歸義坊的宅子，還來不及搬遷進去，夫人孩子暫時住在長壽坊內。

他一進家門，夫人正在灶前燒飯，女兒趴在地上玩著風車。娘倆見到李善德回來，又驚又喜。女兒抱住他的脖子，一直「阿爺、阿爺」叫個不停。

李善德跟女兒親暱了一陣，在灶前一屁股坐下，不顧燙手，直接抓起鍋裡的胡餅往嘴裡扔。他夫人有個獨到的祕方，羊肉餡裡摻了碎芹與薑末，還添一勺丁香粉，吃起來格外舒爽。李善德狼吞虎嚥，一口氣吃了六個，這一路上幾乎顛散的三魂七魄，至此總算是盡數歸位。

夫人說招福寺的和尚來過兩次，賊頭賊腦，打聽荔枝使的去向。李善德冷笑，他們大概也聽到風聲，以為自己不免要死於荔枝差遣，想提前挽回香積貸的損失。

可惜李善德現在也沒錢還。蘇諒的投資全數花在轉運試驗上，他自己一文未落，攢下的那一點點存蓄，也賞給那幾個在鐵羅坑救林邑奴的騎手了。

不過沒關係，今日之後，情況必定大不相同。

李善德吃罷早饌，換了一身乾淨官袍，把那卷荔枝轉運法仔細捲成一個笥子，昂首闊步地出門，直朝皇城而去。

韓洄此時還未抵達刑部，至於杜甫，他那個兵曹參軍不過是掛名，不可能來上班。李善德只好留個字條給韓洄，先去了戶部。

他所設計的轉運之法十分迅捷，唯一的缺點就是所費不貲。從嶺南運送兩甕荔枝到長安的費用，大概要七百貫，這還是最基本的數，也就是說，無論運一顆還是運兩甕，至少都要花這麼多。兩甕荔枝大約有四十顆，平均下來一顆耗費高達十七貫五百錢。

要知道，西市一頭三歲的波斯公駱駝才十五貫不到。

更麻煩的是，這個費用不可均攤。裴耀卿當年修河口諸倉與漕河，雖然費用浩大，但修成後可以逐年均攤成本。而荔枝轉運之法的諸項用度，譬如馬匹、冰塊、人員、器具、調度工時等，這一次用完，下一次還要從頭再來。

若是別的差遣，使臣大可跳開規矩，從國庫直接提出錢糧。但荔枝轉運除了耗費錢糧，還需諸多衙署密切配合，因此李善德必須讓這個差遣進入流程才成。

「你就是那個荔枝使？」

一個鬚髮皆白的老官員手拈笏子，斜眼覷著下方。李善德恭敬施禮，看來這個「荔枝鮮」的離奇差遣，已經傳得朝堂皆知了。

他知道戶部對所有使職都懷有敵意，可天下錢糧，皆歸戶部的度支司調撥，荔枝轉運費最合適交由這個衙署管，所以只好硬著頭皮闖一闖。可惜無論是度支郎中還是員外郎，他都沒資格求見，說不得，於是先找上這位分判錢穀[76]出納的主事。

老主事抖了抖笏子：「你這個字太潦草了，當初怎麼通過吏部試的？」

李善德賠笑道：「事出緊急，來不及謄抄，還請主事見諒。」

老主事不滿地抬了抬眉毛。吏部選官有四個標準——身、言、書、判。這人相貌枯槁，嗓音乾澀，字又凌亂，身、言、書三條都不合格，至於「判」這一條……他把笏子一拍，數落道：

「你知不知道，從河南解送租庸到京城，官價腳費是每馱一百斤，每百里

76 錢穀，即賦稅。

一百錢，山阪處一百二十錢。從嶺南運個什麼鬼荔枝，居然要報七百貫？當本官是瞎子嗎？」

「這是運送新鮮荔枝，自與租庸不同。詳細用度，已在簡中開列。本使保證，絕無浮濫虛增。」

「瀘州也有荔枝啊，你為何不從那裡運？難道你在嶺南有親戚？」

「是聖人指明要嶺南的，我是遵旨而行。」李善德一拍胸脯，「而且已有嶺南商人自願報效，不勞朝廷真的出錢。」

「哼，左手省了錢，右手就得免稅，最後都是商人得利，朝廷負擔。」

老主事搖搖頭，一臉鄙夷地把簡子擲下。李善德見自己的心血被扔，心頭也冒出火，往前邁一步沉聲道：「這是聖人派下來的差遣，你便不納嗎？」

這招原本百試百靈，連嶺南五府經略使都不好正面抗衡。不料這主事是積年老吏，見多了李善德這種人，他手指往上一晃：「好教大使知。戶部雖掌預算，不過是奉諸位上官的命令罷了。你去藥鋪抓藥，總要醫生開了方子，才好教夥計配藥不是？有了中書門下的判押，本主事自然盡快辦理。」

言下之意是，我就是個辦事的，有本事你找政事堂裡的諸位相公去鬧。

李善德明知他是託詞，也只能撿起文卷，悻悻而退。出了戶部堂廊，他朝右邊拐去，逕自來到政事堂的後方。這裡有一排五座青灰色建築，分別為吏房、樞機房、兵房、戶房、刑禮房，造型逼仄，活像五個跪在地上的小吏。

那老主事其實沒說錯，都省六部，無非是執行命令的衙署，真正決斷定策的，還是中書門下的幾位相公。李善德只要能把這份文卷送進戶房，就有機會進入大人物的視野。

「這個……可有點為難啊。」戶房的令史滿臉堆笑，臉頰間恰到好處地露出一絲為難的褶皺。

李善德一怔，旋即沉下臉：「我乃是敕令荔枝使，難道還不能向東府[77]遞交堂帖了嗎？」

戶房令史也不多說，親熱地把李善德拽到屋外，一指那五棟聯排的建築：「大使可知，為何這裡有五房？」

「呃……」

「您想啊，天下的事情那麼多，相公們怎麼管得過來？所以送進中書門下

77 東府，即中書門下。

的劄子，都得先通過都省的六部審議，小事自判，大事附了意見，再送來我們五房，我們才好拿給相公議。」

「所以呢？」

「所以您不能直接把劄子送到這裡，得先遞到戶部，由他們審完送來堂後戶房，才是最正規的流轉。」

李善德眼前一黑，這不是陷入死胡同了嗎？

戶房令史笑盈盈地站在原地，態度和藹，但很堅決。李善德咬咬牙，從袖子裡取出一枚驃國產的綠玉墜，這是老胡商送的，原本打算送給妻子。他寬袖一擺，遮住手上動作，輕輕把墜子送過去。

令史不動聲色地接下，掂了掂分量，似乎不甚滿意，便對李善德道：「戶房體制森嚴，沒辦法把你的劄子塞進去。不過別有一條蹊徑，您可以試試。」

李善德豎起耳朵，令史小聲道：「天下諸州的貢物，都是送去太府寺收貯。荔枝的事，你去找他們準沒錯。」

李善德別無良法，只好謝過提點，又趕到位於皇城斜對角的太府寺。到了太府寺，右藏署說他們只管邦國庫藏，四方所獻的寶貨，請找左藏署。左藏署卻說，他們只管各地進獻貢物的收納，不管轉運，於是李善德還得去問兵部的駕部郎中。

李善德去到兵部，可卻連門都沒進。那裡是軍事重地，無竹符[78]者不得擅闖，他直接被轟了出去。

整整一天，李善德在皇城裡如馬球一般四處亂滾，疲於奔命，口乾舌燥，那張寫著「荔枝轉運之法」的紙箚，因為反覆展開又捲起，邊緣已有破損的跡象。

他這時才體會到，自己做了十幾年的上林署監事，其實只窺到朝廷的小小一角。這個坐落著諸多衙署的龐大皇城，比秦嶺密林更加錯綜複雜，其運轉的規則比道更為玄妙。不熟悉的人貿然踏入，就像落入壺口瀑布下的奔騰亂流一般，撞得頭破血流。

李善德實在想不通，之前鮮荔枝不可能運到長安，那些衙署對差遣避之不及，可以理解；但現在轉運已不成問題，足以慰聖人之心，為何他們仍舊敷衍塞責呢？

78 竹符，即竹使符，兵符的一種。

轉了一大圈，最後他在光順門前的銅匭[79]處遇到一位宮市使，事情才總算有了點眉目。

嚴格來說，李善德遇到的這位是宮市副使。真正的宮市正使，判在右相楊國忠身上，那是遙不可及的大人物，他不奢望見到。

這位副使三十歲出頭，身著蜀錦綠袍，頭戴漆鈿武弁[80]，眉目極乾淨，一張俊秀面孔如少年般清朗，讓人一看便心生好感。他自稱是內侍省的小常侍，名叫魚朝恩。

李善德跟他約略講了遭遇，魚朝恩笑道：「別說大使你，就連聖人有時候要做點事，那班孔目小吏都會夾纏不清，文山牘海砸過來，包管叫你頭昏腦脹。」

「正是如此！」李善德忙不迭地點頭，他今天可算領教到了。

「他老人家為何跳出官序，額外設出使職差遣？還不是想發下一句話，立刻有人痛痛快快地辦成嘛。唉，堂堂大唐皇帝竟這麼憋屈，我們這些做奴婢

79 銅匭，武則天在位時期所設的銅製匣子，讓天下人投入意見書。
80 武弁，武人戴的帽子。

的，看了實在心疼啊。」魚朝恩喟嘆一聲，用手裡的白鬚拂子輕輕抹了下眼角。

李善德趕緊勸慰幾句，魚朝恩又正色道：「我這個宮市副使的職責，正是內廷採買。嶺南的新鮮荔枝，既然是聖人想要，那便是我分內的事了。你放心好了，這件事我一定勾管到底。」

李善德大喜過望，奔走了一天，朝堂袞袞諸公，居然還不如一個宦官有擔當。他看了看銅甌西側的墜墜日頭，急切道：「眼下時間緊迫，無論如何要先把錢的事情解決，接下來才好推進。」

魚朝恩朝遠處的政事堂看了眼，淡淡道：「讓東府解決這個問題，起碼得議一個月。這樣吧，聖人在興慶宮內建有一個大盈庫，專放內帑，不必透過朝廷。你這個荔枝轉運的費用，便從這個庫裡過帳吧。」

李善德激動得快要流淚，魚朝恩的建議猶如天籟，把他的憂愁全數解決。

「不過……我聽高將軍說，荔枝過了三日便色香味俱敗壞。那新鮮荔枝真的能運過來嗎？」

魚朝恩有這樣的疑問也屬正常。李善德拿出箚子，唾沫橫飛地講起轉運之法。魚朝恩認真地從頭聽到尾，不由得欽佩道：「這可真是神仙之法，虧你想得到。」他接過那張滿是數字與格子的紙卷，正欲細看，遠處忽傳來暮鼓聲。

魚朝恩摩挲著紙面，頗為不捨：「我得回宮了。這辦法委實精妙……可否容我帶回去仔細揣摩？若有不明之處，明日再來請教。」

「沒問題，沒問題。」李善德大起知音之感，殷勤地替他把箚子捲成軸。兩人在銅甌處拜別，相約明晨巳正再於此處相見，然後各自離開。

李善德回到家裡，心情大快，壓在心頭幾個月的石頭總算可以放下。他陪女兒玩了好一陣子雙陸棋，又讀了幾首駱賓王的詩哄她睡著，然後拉著夫人進入帷帳，開始盤點子孫倉中快要溢出來的公糧。

這個積年老吏查起帳來，手段實在細膩，但凡勾檢到要害之處，總要反覆磨算。帳上收進支出，每一筆皆落到實處方肯甘休。幾番騰挪互抵之後，公糧終於全數上繳，庫存為之一清。

＊

次日，李善德神采奕奕地出門，早早去了皇城。結果他從巳正等到午正，卻是半個人影也沒見到，反倒撞見提著幾卷文牘要去辦事的韓洄。

韓洄一見李善德回來，大為欣喜，可一聽李善德在等魚朝恩，頓時臉色一變。他左右看看沒人，扯著李善德的袖子走到銅匭後頭，壓低聲音道：「良元兄，你怎麼會跟魚朝恩扯在一起？」

李善德把自己的經歷與難處約略一講，韓洄不由得頓足道：「哎呀，你為何不先問問我！這個魚朝恩乃是內廷新崛起的一位貂璫[81]，為人狡詐陰險，最善貪功，人都喚他『上有鱉』。」

「什麼意思？」

「就是說他為人如鱉，一口咬住的東西，絕不鬆嘴。」

「那為何叫上有鱉？」

「宦官嘛，只能上有鱉，想下有鱉也沒辦法。」韓洄比了個不雅的動作。這些官吏取的綽號，真是生動而刻薄。

李善德表情一僵，猶豫道：「魚朝恩只帶回去研究一下，說好今日還來，

81 貂璫，借指宦官。

我才給他看的……」

韓洄氣道：「那他如今人呢？」李善德答不出來。韓洄恨不得將食指戳進李善德的腦袋裡，把裡面的湯餅疙瘩攪散一點。

「就算你跟他來往，好歹留一手啊！如今倒好，他拿了荔枝轉運法，為何不照葫蘆畫瓢，自己去嶺南取了新鮮荔枝回來？這份功勞，便是宮市副使獨得，跟你半點關係也沒有了！」

李善德一聽，登時慌了：「我昨天先拿去戶部、戶房、太府寺和兵部，他們都可以證明，那確實是我寫的！」

韓洄無奈地拍了拍他肩膀：「良元兄，論算學你是國手，可這為官之道，你比蒙童還不如啊！我問你，你想明白經略使為何要追殺你嗎？」

「啊，呃……」李善德憋了半天，憋出一個答案，「嫉賢妒能？」

「呿！人家堂堂嶺南五府經略使，會嫉妒你？何節帥是擔心聖人起疑心：為何李善德能把新鮮荔枝運來，他卻不能？是不能還是不願？嶺南山高水遠，這經略使的旗節[82]還能不能放心交給他？」

被韓洄這麼一點破，李善德才露出恍然的神情。這一路上他也想過為何被追殺，卻一直不得要領，便拋諸腦後了。

韓洄恨鐵不成鋼：「你把新鮮荔枝運來京城，可知道除了何履光之外，還會得罪多少人？那些衙署與何節帥一般心思，你做成了這件事，在聖人眼裡，就是他們辦事不力。你那轉運法是打他們的臉，人家又怎麼會為你作證？」

李善德頹然坐在臺階上，他滿腦子都是轉運的事，哪裡有餘力去想這些門道。韓洄搖頭：「你若在呈上轉運法之際，附上一份謝表，說明此事有嶺南五府經略使著力推動，度支司同仁大力支持，太府寺、司農寺、尚食局助力良多，你猜魚朝恩還敢不敢搶你的功？良元兄啊，做官之道，其實就三句話：和光同塵，雨露均沾，花花轎子眾人抬。一個人吃獨食，是吃不長久的。」

「那……現在說這些也晚了，如今怎麼辦？」李善德手腳一陣冰涼。數月辛苦，好不容易要翻過峻嶺，豈知腳下一滑，眼看就要再度掉入深淵。

82 旗節，即旌節，使臣所執的符節、憑信。

韓洄只是個比部司小官，形勢看得清楚，能做的卻不多。他思慮許久，也不知該如何破這個局，最終幽幽嘆了口氣：「要不，你還是趕緊回家，跟嫂子和離吧。」

李善德差點一口血噴出來，繞了一大圈，又回到原點。他雙眼一酸，委屈的淚水滾滾而下。難道這真是命定？無論如何掙扎都擺脫不了的命運？子美啊，你勸我拚死一搏，還不如當初就等死呢。

就在這時，遠處一個人影不疾不徐地朝銅匭走來。李善德眼睛一亮，莫非是魚朝恩信守諾言？他再定睛一看，確實是個宦官，不過年紀尚小，看服色是最低階的灑掃雜役。

小宦官走到銅匭前，左顧右盼，喊了一聲：「李大使可在？」

李善德閃身走出來，懨懨應了一聲。

小宦官也不多言，直接道，「有人託我帶件東西給你。」然後從懷中取出竹質名刺[83]一枚，遞給他，又說了句，「招福寺，申正酉初。」

83 名刺，即名片。

李善德接過名刺，上頭只寫了「馮元一」三字，既無鄉貫字號，亦無官爵職銜。他還想問個明白，可小宦官已經轉身走了。

他莫名其妙地站在原地，一頭霧水。莫非是魚朝恩有事不能赴約，叫個小宦官來另約日子？可這種事直說就好，何必打啞謎？而且幹麼要去招福寺？李善德腦海中閃過一個荒唐的猜測，該不會是魚朝恩與招福寺的和尚勾結，逼著自己賣掉新宅去還香積貸吧？

韓洄翻看半天，也不知這個馮元一到底是誰，實在神祕得很。他勸李善德不要去，事不明說，必有蹊蹺，何必去冒那個險。可李善德思忖再三，還是決定去看看，反正已經窮途末路，還能慘到哪裡去？

韓洄也沒有更好的辦法，只得叮囑他萬一遇到什麼事，千萬莫要當場答應，次日與他商量再說。

＊

招福寺是京城最大的伽藍之一，位於東城崇義坊西北角，距皇城只有兩街之隔。寺門高廣，大殿雄闊，但其最著名的，是殿後那座七層八角琉璃須彌寶塔。塔身自下而上盤踞著一條長龍，鱗甲鮮明，鬚爪精細。晴天日落之際，自塔下仰望，但見晚霞迷離，龍姿矯矯，流光溢彩間猶如活物一般。

常有達官貴人刻意選傍晚入寺，到塔下欣賞景色，美其名曰「觀龍霞」。

李善德放下手中名刺，朝不遠處的塔頂看去。那昂揚向上的龍頭，在夕陽下熠熠生輝。今日天氣不錯，霞色殊美，想必一會兒香客離去，寺門關閉之後，便會有貴人單獨入寺賞景了。事實上，這是招福寺籠絡朝中顯貴最重要的手段。

據說此塔修建於貞觀初年。當時匠人們開挖地基，卻無論如何都打不下去，地中隱有怪聲傳來。招福寺的一位高僧說，這下方有一條土龍，塔基恰好立在龍頭之上，故而難以下挖。他算準了土龍有一日要翻身，教工匠趁機開挖，果然順利將寶塔建了起來。可惜高僧因為洩露天機，幾日後便圓寂了。為了避免再生禍患，招福寺就在塔身外側加建了一條蟠龍。

李善德知道這個傳說只是瞎說，他翻過工部的檔案，這塔是貞觀年間修建的不假，龍卻是神龍元年才加的。當時中宗李顯與五王聯手，逼迫則天女皇交還帝位，從此周唐鼎易，世人皆稱為「神龍政變」。招福寺的住持為了討好皇帝，便搞了這麼個拍馬屁的工程。當然，長安的善男信女不會去查工部檔案，因此寺中香火一直極為旺盛。

「唉，都到這個境地了，還去想別家閒事！」他重重拍了一下自己臉頰，低下頭，兩三筷把眼前的槐葉冷淘[84]吃掉。涼津津的麵條順著咽喉滑進胃裡，心中的煩躁微微壓下了一點。

那個小官宦說「申正酉初」前往招福寺，可屆時已是夜禁，街上不許有行人，只能在坊內活動。李善德只好提前趕到崇義坊，選了個客棧住下。不過這附近住宿可真貴，他花了將近半貫錢，才拿到一個靠近溷軒[85]的小房間。

眼看時辰將近，他去到招福寺對面，要了一碗素冷淘，邊吃邊等。可李善德眼神一掃到寺門上那塊寫著「招福寺」的大匾，便想起自家的香積貸，不禁又算起負債來。

好不容易等到申正酉初，李善德起身走到招福寺的一處偏門，伸手拍了拍門環。過不多時，一個小沙彌打開門，問他何事。他戰戰兢兢地把馮元一的名刺遞過去，也不知該說什麼好。

---

84 槐葉冷淘，一種涼麵，麵條以槐葉汁加麵粉製作。
85 溷軒，即廁所。

小沙彌接過名刺看了眼，莫名其妙。幸虧韓洄臨走前提醒李善德，必要時可以稍微故弄玄虛。他便鼓起勇氣，冷著聲音道：「把這名刺交給此間貴人便是，其他的你不要問。」

小沙彌被他的口氣嚇到，收下名刺，嘀咕著關門走了。不久，偏門「吱嘎」一聲打開，兩人一照面，俱是一怔。開門的居然是熟人，正是和李善德簽了香積貸的招福寺典座。

「李監事，你回來啦？我以為你去嶺南了。」典座的表情有點五味雜陳。

「貴寺功德深厚，福報連綿。在下無以為報，不去嶺南怕是只能捐宅供養佛祖了。」李善德淡淡地譏諷一句。

典座有點尷尬：「咳，先不說這個，就是你遞名刺給貴人？」

李善德點點頭。典座不再多說，示意他跟著自己，然後轉身走進寺中。兩人七繞八繞，沿途有四五道衛兵盤問，戒備甚是森嚴，好不容易才來到八角琉璃塔下的廣場。

此時晚霞絢爛，夕照燦然，整個天空被染得直似火燒。一個身材頎長的錦袍男子在塔下負手而立，仰望著龍霞奇景，似乎沉醉其中。旁邊一位穿著金襴袈裟的老和尚雙手合十，看似閉目修行，實則大氣都不敢喘，胸口起伏，憋得很是辛苦。

「衛國公？」

李善德雙膝一軟，登時就要跪在地上。

五

衛國公楊國忠。

這是自李林甫去世後，長安城裡最讓人顫慄的名字。

聖人在興慶宮裡陪貴妃燕遊，而這位貴妃的族兄就在皇城處理天下大事，以至於長安酒肆裡流傳著一個玩笑，說天寶體制最合儒家之道——內聖外王。聖人在內，而外面那位「王」則不言而喻……

這麼一位雲端上的奢遮大人物，李善德做夢也沒想過，他會跟自己扯上什麼關係。

今日觀龍霞的貴人，居然是他？

李善德腦子裡一片混亂。難道是魚朝恩引薦自己給楊國忠？但那張名刺上明明寫著「馮元一」啊？魚朝恩何必多此一舉？還是說，是右相要見我？他又是從哪裡知道我這個小人物的？

楊國忠一直專心欣賞龍霞，李善德也不敢講話，站在原地。老住持偶爾瞥他一眼，傳遞出「莫作聲」的凶光。

約莫一炷香後，最後一絲餘暉緩緩掠過龍頭，遁入夜幕。那龍彷彿也收斂起牙爪，變回凡物。楊國忠緩緩轉過頭，手裡轉著名刺，注視著李善德。

「他說本相今日來招福寺，會有一場機緣，莫非就是你？」

李善德不知該如何回答，連忙跪下：「上林署監事判荔枝使李善德，拜見右相。」

「哦，是那個荔枝使啊。」楊國忠的臉上似乎微微露出一絲嘲諷，「說吧，找我何事？」

「啊？」

李善德驚慌地抬起頭。怎麼回事？不是您要見我嗎？怎麼看這架勢，您也不知道？那個叫馮元一的傢伙一點提示都沒給，只要我來招福寺，我還以為一切都安排好了呢。此時韓十四也不在，這……這該如何是好？

眼看這位權相的神情越發不妙，李善德只好拚命在心裡琢磨，該如何應對才是。他不諳官場逢迎拍馬，也沒有急智捷才，只擅長數字……對了，數字！數字！

一想到這個，李善德的思緒總算有了焦點，脈絡逐漸清晰。看右相的反應，魚朝恩應該還來不及拿轉運笴子給他看，大概還在謄寫吧，那可是好長一篇文章呢，光是格子抄寫就得……哎呀，回歸正題！魚朝恩既然還沒表功，那我就還有機會！

李善德顧不得斟酌字句，脫口而出道：「下官有一計，可讓嶺南新鮮荔枝及時運抵長安。」

聽到這話，楊國忠終於露出點興趣：「哦？你是如何做到的？」

李善德本想約略講講，可面對右相一點也不能含糊，非得說清楚不可。他環顧左右，看到寶塔旁邊的竹林邊緣，有一道剛粉刷雪白的影壁，眼睛一亮。

這也是招福寺的獨門絕技。達官貴人賞完龍霞後，往往詩興大發，這片白牆正好用來題壁抒情。且這面白壁外側不是磚，而是一層可以拆卸的木板。貴人題完詩，和尚們就把木板拆下來，移到寺西廊，用青紗籠起。下次再有其他貴人來，依舊可以在無暇白壁上題詩……

「我可以借用這道影壁嗎？」李善德問住持。

住持的腮幫子抽了幾抽，雙手合十道：「阿彌陀佛。」

回答雖然含糊，但典座立刻領會箇中無奈，趕緊取來粗筆濃墨。李善德揮起筆來，先在影壁上畫出幾行詞頭。

甲、敘荔枝物性易變事
乙、敘嶺南京城驛路事
丙、敘分枝植甕之法及鹽洗隔水之法
丁、敘轉運路線及交替驛傳之法
戊、敘諸色耗費與程限事

「詞頭」本是指皇帝所發詔書的撮要，沒想到李善德也懂得應用。楊國忠對這形式頗覺新鮮，吩咐人拿來一具胡床，就地坐下，背依寶塔看這小吏表演。

一說起庶務，李善德便絲毫不怵。他以詞頭為綱要，侃侃而談，先談荔枝轉運的現狀與困難，再一一擺出對策，配合三次試驗詳細解說，最後延伸出去，每一項措施所涉衙署、成本核算與轉運程限。有時文字不夠盡意，還現場畫出格子簿與輿地簡圖，兩相對照，更為直觀。

他說得興奮，卻苦了招福寺的和尚，李善德每說一段，便喊換一塊新的白板。十幾段過去，寺裡的庫存幾乎告罄。好在李善德的演說總算到了尾聲，他最後在影壁上用大筆寫下「十一」兩個字，敲了敲板面。

「十一日，若用下官之法，只要十一日，鮮荔枝便可從嶺南運至長安，香、味不變！」

聽到這個結論，楊國忠捋了一下長髯，卻沒流露出什麼情緒。

他身邊不乏文士，說起治國大略吹得天花亂墜，好似輕薄的絹帛漫天飛舞；而李善德雖無口條文采，卻像一袋袋沉甸甸的糧食。楊國忠原來在西川幹屯田起家，後來在朝裡做過度支員外郎和太府卿，一直跟錢貨打交道，一聽就能分辨什麼是虛，什麼是實。

此人前後談了那麼多數字，若有一絲虛報，便會對不上。可楊國忠整個聽下來，道理貫通，論證嚴絲合縫，竟找不出什麼破綻，可見都是錘鍊出的實數。

他從胡床上起身，對這個轉運法不置一詞，只淡淡問道：「你是敕命的荔枝使，既然想出了辦法，自己去做便是，何必說與我知？」

李善德剛要回答，腦子裡突然閃過韓洄下午教誨的為官之道：「和光同塵，雨露均沾，花花轎子眾人抬。」霎時福至心靈，悟性大開，連忙躬身答道：「下官德薄力微，何敢厚顏承此重任。願獻與衛國公，樂見族親和睦，足慰聖心。」

這一刻，古來諂媚之臣浮現在李善德背後，齊齊鼓掌。

李善德知道，隨著轉運之法的落實，新鮮荔枝這個大盤是保不住了。與其被魚朝恩貪去功勞，還不如直接獻給最重要的人物，還能為自己多爭取些利益。那個「馮元一」讓他來招福寺的用意，想必即在於此。

楊國忠聽慣了高明的阿諛奉承，李善德這一段聽在耳裡，笨拙生硬，反倒顯出一片赤忱。尤其是「族親和睦」四字，讓楊國忠頗為意外。

他與貴妃的親情，緊緊聯繫著聖眷，是右相最核心的利益，一絲一毫都不能疏忽。新鮮荔枝如果真能博貴妃一笑，那最好是經他之手送去。李善德的一句話，可謂是搔到癢處。

楊國忠略加思忖，開口道：「本相身兼四十多使職，實在分身乏術。這荔枝轉運之事，還得委派專人盯著，你可有什麼推薦的人選？」

李善德回道：「宮市副使魚朝恩，可堪此任。」

楊國忠「嘿」了一聲，他問的其實是誰擋了你的道。這人也不是很傻嘛，居然聽明白了，而且回答得很得體。

他把玩著手裡的名刺，心中已如明鏡。魚朝恩想要搶了李善德的差使，李善德沒有辦法，只得把轉運法獻給自己，希望能保住職位。

這種蠅頭微利，究竟誰能得手，楊國忠其實不怎麼在意。他更關心荔枝到底能不能送到，這可關乎皇上和貴妃的心情。李善德那一番講解，讓他很有好感，覺得這人能幹成，至少比魚朝恩一個足不出宮的小宦官有把握，隨手幫一把也無妨。

這點算計在腦子裡只盤轉了一瞬，楊國忠便開口道：「貴妃六月一日誕辰將至，魚副使有太多物事要採買，就不給他添負擔了。這件事，你有信心辦下來嗎？」

「只要轉運之法能充分貫徹，下官必能在六月一日前，將荔枝送到您手裡。」李善德大聲道。他必須努力證明，自己有無可替代的價值，才不會在這個大盤裡被擠出局。

楊國忠從腰帶上解下一塊銀牌遞給他。這面牌子四角包金，中間鏨刻著「國忠」二字。衛國公本名楊釗，由於其時天下流傳的圖讖中有「金刀」二字，他怕犯了忌諱，遂請皇帝賜名「國忠」，這塊銀牌即是當時所賜。

李善德接下牌子，又討問手書，以方便行文牒給相關衙署。楊國忠一怔，不由得哈哈大笑：「你拿了我的牌子，還要按照流程發牒，豈不壞了本相的名聲？流程那種東西，是弱者才要遵循的規矩。」

李善德唯唯諾諾，小心地把牌子收好。

其實，楊國忠不給手書，還有一層深意。倘若李善德把事情搞砸了，他只消收回銀牌，兩者之間便沒有瓜葛，沒有任何文書留跡，切割得乾乾淨淨。

李善德想不到那麼深，只覺右相果然知人善任。他忽然想到一事，高興地補充道：「這次轉運所費不貲，有嶺南胡商蘇諒願意報效朝廷，國庫不必支出一文，而大事可畢。」

「嶺南胡商？瞎胡鬧。我大唐富有四海，至於讓幾個胡人報效嗎？體面何在！」

李善德有些驚慌：「那些胡商既然有錢，又有意報國，豈不是好事？」

「關於這次轉運的錢糧耗費，本相心裡有數。」楊國忠不耐煩地擺擺手。

「下官也是為了國計儉省考量，少出一點是一點……」他想到對蘇諒的承諾，不得不硬著頭皮堅持。

楊國忠有些不悅，但看在李善德獻轉運法的分上，多解釋了一句：「本相已有一法，既不必動用太府寺的國庫，亦無須從聖人的大盈庫支出。你安心做你的事便是。」

說完他轉過身，繼續看塔上蟠龍。

李善德知道談話結束了。

至於那名刺，楊國忠既沒有歸還的意思，也沒提到底是誰。

李善德收好銀牌，跟著典座向外走去。走著走著，他忽然發現不對，這似乎不是來時的路。典座笑道：「外頭早已夜禁。這裡的禪房雖不軒敞，倒也潔淨，大使何妨暫住一宿？」

招福寺的禪房可不是尋常人能留宿的，不知得花多少錢。李善德受寵若驚，剛要推辭，典座又從懷裡取出一卷佛經：「怕大使夜裡無聊，這裡有《吉祥經》一卷，持誦便可辟邪遠祟。」

聽典座的意思，似乎不打算收錢，李善德只好跟著他來到一處禪房。這間禪房設在一片桃林之中，屋角遍植丁香、牡丹與鈴鐺花，果然是個清幽肅靜之地。

典座安排完便退下了。

李善德躺在禪房裡，總有些惴惴不安，隨手拿起《吉祥經》，展開還來不及讀，就有一張紙掉了出來。他撿起一看，竟是自己簽的那張香積契，從騎縫的那一半畫押來看，這是招福寺留底的那一份。

「這是什麼意思？他們不要我還了？」李善德起先有些茫然，後來終於想明白了。住持親見楊國忠賜予自己銀牌，自然要略加示好。兩百貫對百姓來說，是一世積蓄；對招福寺來說，只是做一次人情的成本罷了。

這一夜，李善德抱著銀牌，一直沒睡著。他終於體會到，權勢的力量竟是這等巨大。

*

四月二十四日，李善德沒回家，一大早便來到皇城。

他刻意借用上林署的官廨，召集兵部駕部、職方兩司，太僕寺[86]典廄署，以及長安附近諸牧監，戶部度支司、倉部司、金部司，太府寺左藏署等衙署的

86 太僕寺，九寺之一，負責掌管車馬。

正職主事，就連上林署的劉署令也叫來了，眾人密密麻麻坐成一圈。

其中不乏熟人，比如度支司派來的那個主事，就是兩天前叱退李善德的老吏。他此時臉色頗不自在，縮在其他人身後，頭微微垂下。有右相的銀牌在，誰也不敢抱怨半句。

李善德突然覺得很荒謬，他完全按照規則，卻處處碰壁；而有這麼一塊不屬任何官牘的牌子，卻暢行無阻。

難道真如楊國忠所說，流程是弱者才要遵循的規矩？

李善德沒時間搞私人恩怨。他開門見山，簡要地說明了一下情況，然後拿出數十卷空白的文牒，直接分配任務。駕部司要調集足夠多的騎使，以及跟沿途水陸驛站聯絡；典廄署負責協調全國牧監，就近為所有的驛站調配馬匹；戶部則協調地方官府，調派徭役白直[87]；太府寺撥運錢糧補給、馬具裝備；就連上林署，也分配了調運冰塊的庶務。

能想到砍樹運果的辦法並不出奇，稍加調查研究即可發現。轉運的精髓

87 白直，唐代色役之一。色役即由官府僉派人戶，為各級官吏和官衙擔任僕役。

與難處，其實是由此衍生出的無數極瑣碎、繁劇的具體執行事項。整整一個上午，上林署官廨裡一直響起李善德的聲音，各位主事只有俯首聽命的分兒，前日的委屈，今日澈底逆轉。

拋開內心對這個幸進小人的鄙夷，這些老吏對李善德的工作脈絡還是相當欽佩的。

李善德發給他們一系列格子簿，其中將每個衙署的職責、物品列表、要求數量、地點、時限寫得清清楚楚，如果有兩個衙署需要配合比對，把簿子拿出來，還可以合併成一份，設計得極為巧妙。整個安排下來，流程清楚，職責明確。

大家都是老吏，你是唱得好聽還是做得實在，幾句就判斷出來了。

安排好了大方向，李善德請各位主事暢所欲言，看有無補充。他們見他不是客氣，便大著膽子提出各種意見，有價值的，都一一補充進轉運法度裡。連荔枝專用的通行符牒什麼樣子、過關如何簽押都考慮到了。

中午休息時間，魚朝恩來過一次，他拿出劄子，交還給李善德，說自己揣摩了一天一夜，可惜才疏學淺，實在讀不透，只好歸還原主。他講話還是那麼風度翩翩，言詞懇切，臉上不見一絲嫉恨或不滿。李善德懶得說破，跟他客氣了幾句，送出門去。

下午眾人又足足討論了兩個時辰，總算敲定了荔枝轉運的每一個細節，李善德長吁一口氣。原先他限於預算與資源，很多想法無法實現，不得不絞盡腦汁另闢蹊徑，而如今有了朝廷在背後支撐，便不必用什麼巧勁了。

以力破巧，因地制宜。總之一句話，瘋狂地用資源堆疊出速度，重現漢和帝時期「十里一置，五里一候，奔騰阻險，死者繼路」的盛況。

李善德在規劃好的那一條荔枝水陸驛道上，配置了大量騎使、驛馬、快舟、槳手與縴夫，平均密度高達驚人的每六十里一換，換人，換馬。而且根據道路特點，每一段的配置都不一樣。比如江陵至襄州之間的當陽道一帶，官道平直，密度便達到三十里一換；而在大庾嶺這一段盤轉山路上，則雇手腳矯健的林邑奴，負甕取直前行，讓騎手提前在山口等候。

當然，如此轉運，花費恐怕比之前的預算還高。不過右相說他會解決，李善德便樂於不提。各個衙署的主事，也都很有默契地沒開口問，各自默默先從本署帳內把錢墊上……

一切安排妥當之後，李善德宣布，他會親自趕去嶺南，盯著啟運的事。其他人也要即刻動身，分赴各地去催辦庶務。所有的準備必須在五月十九日之前完成，否則……他掃了一眼下面的眾人，沒有往下說，也不必說。

散會之後，李善德算算時間，連回家的餘裕都沒有。他託韓洄捎消息給夫人，便連夜騎馬出城了。

這一次前往嶺南，李善德也算輕車熟路，只是比上一次更為行色匆匆，更無心觀景。他日夜馳騁，不顧疲勞，終於在五月九日再度趕到廣州城下。

廣州的氣候比之前更加炎熱，李善德擦了擦汗水，有些憂心。這邊沒有存冰，荔枝出發的前兩天，在這個溫度下挑戰可不小。

比天氣更熱情的，是經略府的態度。這一次，掌書記趙辛民早早候在城外，他一見李善德抵達，滿面笑容，喚來一輛四面垂簾的寬大牛車，車身滿布螺鈿，說道：「請尊使上車入城，何節帥為你設宴洗塵。」

很顯然，嶺南朝集使第一時間把銀牌的消息傳到了。

「皇命在身，私宴先不去了。」李善德淡淡道。一來他不太想見到何履光，二來確實時辰緊迫。

「也好，也好。何節帥在白雲山山麓有一處別墅，涼爽清靜，正適合尊使下榻。」

「還是上次住的館驛吧，離城裡近些，行事方便。」

連碰了兩個軟釘子，趙辛民卻絲毫不見惱怒。他陪李善德去了館驛，選了間上房，還把左右兩間的客人都挪了出去。

安排好之後，趙辛民笑咪咪地表示，何節帥已做出指示，嶺南上下一定好好配合尊使，切實做好荔枝運轉。李善德也不客氣，麻煩他把相關官吏立刻叫來，須得盡早安排。

趙辛民吩咐手下馬上去辦，然後從懷裡掏出一大一小兩串珍珠額鏈。珠子圓潤剔透，每顆都有拇指大小，說是「為尊夫人與令嬡選的」。李善德知道自己不收下，反而會得罪人，便揣入袖中。他想了想，剛要張嘴問尋找林邑奴屍骸的事，沒想到趙辛民先一步取出一卷空白的白麻紙。

「大使在鐵羅坑遇到的事，廣州城都傳遍啦。忠僕勇鬥大蟲，護主而亡，何節帥以下無不嗟嘆，全體官員捐資立了一塊義烈碑。如果大使肯在碑上題幾個字，必可使忠魂不致唐捐。」

李善德眼神一凜，這趙辛民真是精明得很，自己的想法全被他算中。看來他們是打算把鐵羅坑的事掩蓋過去，用林邑奴來賣好。

他本想把麻紙摔開，可一想到林邑奴臨死前的模樣，心中忽地一痛。那位家奴一世活得不似人，死後更是慘遭虎食，連骨殖都不知落在山中何處。

若能為他立一塊碑，認真地當成一個人、一個義士來祭奠，想必他九泉之下也會瞑目吧……

李善德不善文詞，拿著毛筆想了半天，最終還是借了杜子美的兩句詩——我始為奴僕，幾時樹功勛。

趙辛民讚了幾句，說等碑文刻好，再請大使去觀摩。

李善德牢記韓十四的教誨，拿出一軸事先準備好的謝狀，請趙辛民轉交何節帥。謝狀裡駢四儷六寫了好長一段，主旨是沒有嶺南經略府的全力支持，此事必不能成。荔枝轉運若暢，當表何帥首功云云……

趙辛民聞弦歌而知雅意，在調度人員方面變得更加積極。半個時辰之後，二十幾位官吏便聚齊在館驛。李善德也不說廢話，把在長安的話又講了一遍，不過內容更具體。

這裡是荔枝原產地，是整個運轉計畫最關鍵的一環。如何劈枝，如何護果，如何取竹，如何裝甕，路上如何取溪水降溫，必須交代得鉅細靡遺。

李善德特別提到，阿僮姑娘的果園，從即日起列為皇莊，一應產出皆供應內廷。這樣一來，也算是為阿僮提供一層保護，省得引起一些小人、豪強的覬覦。

把工作安排下去後，李善德遣散眾人，從案几上端起一杯果茶，潤了潤冒煙的嗓子。真正操辦起來，他才發現真的是有無數事務要安排，簡直應接不暇。這時門口有人傳話，說蘇諒來了。

一聽這名字，李善德一陣頭疼。可這事遲早要面對。他拿起筆墨紙硯擺弄了一陣，覺得不能這麼逃避，只好說「有請」。

蘇諒一進門，放下手裡的一個大錦盒，便向李善德道喜，看來他也聽說了右相銀牌之事。

一陣寒暄之後，李善德說：「蘇老啊，我跟戶部那邊講過了。你襄助的一應試驗費用，回頭報個帳，我一併算入轉運錢裡，補給你。說不定還能為你從朝廷弄一個義商的牌匾，以後市舶使也要忌憚幾分。」

李善德見面便主動開列了一堆好處，希望能減緩一點壞消息的衝擊。蘇諒何等敏銳，一聽便知不對勁，皺起眉頭道：「李大使，此前你我可是有過約定的。莫非發生什麼變故？」

李善德舉起杯子，掩飾尷尬，半天方答道：「報效之事，暫且不勞蘇老費心，朝廷另有安排。」

「這是為何？」蘇諒看著李善德，語氣平靜得可怕。

事實上，李善德也不知道正確答案，楊國忠沒讓他管錢糧的事。可這種高層給的私下指示，他又不能跟蘇老明說，遲疑了半天，仍不知怎麼解釋。

蘇諒那張滿臉褶皺的面孔越發不悅了。

「大使在困頓之際，是小老不吝援手，出資襄助，方才有了今日的局面。莫非大使富貴之後，便忘記貧賤之交了？」

「蘇老的恩情，我是一直記在心上的。只是朝廷有朝廷的考量，我一介小吏，人微言輕……」

「人微言輕？你找小老借錢的時候怎麼不說？」

「這是兩碼子事啊！」

「好，我信你，朝廷有安排，那你爭取過沒有？」

李善德登時語塞。他確實沒有特別努力爭取過，因為爭取也沒用。右相做的決定，誰敢去反對？他憋了半天，訕訕道：「荔枝轉運我能做主，可錢糧用度是走另外一條線，不在我的許可權之內。」

蘇諒氣得笑起來：「三杯吐然諾，五嶽倒為輕。嘿，大使你是一推五嶽倒，吐得乾乾淨淨啊。」

李善德面色慚紅，手腳越發局促不安：「蘇老放心，在我的許可權之內，還款絕無問題，利息也照給，不讓您白忙一場。」

「白忙一場？你知道什麼叫白忙一場？」蘇諒霍然起身，像隻老獅子一樣咆哮起來，「小老就因為信任大使你的承諾，整個商團的同仁早早去做了報效的準備。如今你一句辦不了，商團這些準備全都白費了，撒出去的承諾也收不回來，這裡面損失有多大？大使你能想像嗎？」

李善德確實無法想像，所以他只能沉默地承受口水。待蘇諒噴完了，他抬起袖子擦了擦面孔：「朝廷又不是這一次轉運，以後每年都有，我會為你爭取。」

蘇諒冷笑起來：「明年？明年你是不是荔枝使還不知道呢！你立了大功，拍拍屁股升官去了，倒拿這些話來敷衍我！」

被他這麼數落，李善德心裡也忍不住發起火：「您先前借我的那兩筆，我已用六張通行符牒償還了。剩下的一千貫，是我欠您的不假，我會請經略府盡快墊付撥還。其他的事情，恕我無能為力。」

望著板起面孔的李善德，蘇諒悲惱交加，伸出戴著玉石的食指，指向李善德的額頭直抖：「李善德，小老與你雖然做的是買賣，可也算志趣相投。我本當你是好朋友，這次你回來，還計畫請你去為廣州港裡的各國商人講講那些格子簿，去海上轉轉。可你竟……你竟這麼跟小老算帳……」

李善德心中委屈至極，便拿出「國忠」銀牌，擺在自己面前一磕：「蘇老，此事的根源不在我……」

他的本意，是暗示對方到底是誰從中作梗，可蘇諒誤會了，以為他是把楊國忠抬出來嚇唬人，不由得怒道：「大使不能以理服人，所以打算以勢壓人？」

「不，不是，蘇老你誤會了。這件事是右相要求的，你說我能怎麼辦？」

這句解釋聽在蘇諒耳裡，根本就是欲蓋彌彰。他一甩袖子，怒喝道：「好，好，大使你既如此，看來是小老自作多情。就此別過！這壽辰禮物，就是丟海裡好歹也能聽個響聲！」說完重新把錦盒抱進懷裡，轉身離去。

李善德這才想起來，今天是自己生辰，真虧蘇諒還記得。那個老胡商本是喜怒不形於色的老狐狸，看來是真的把他當朋友，才突然爆發出孩子似的脾氣。他一時悔愧交加，有心衝出去再解釋幾句，可剛巧又有一堆文牘送到案几上。荔枝轉運迫在眉睫，實在不容在這些事情上耗費時間，這位荔枝使只能強壓下心中不安，心想等事情做完，買一份厚禮去廣州港，再設法重修舊好吧。

他又忙了整整一個下午，辦起事來卻沒了之前行雲流水的通暢感。李善德發現，他早已把蘇諒當成朋友，而非商人，鬧成這樣，實在令他大受打擊。

一直到傍晚時分，李善德才總算恢復點精神，因為阿僮來探望他，連花狸都帶了過來。

花狸一見這房間內鋪著柔軟的茵毯，立刻跳出阿僮的懷抱，避開李善德的擁抱，徑直去牆角蜷起來，呼呼大睡。

阿僮這次帶了兩筐新鮮荔枝，身後居然還跟著幾個同莊的峒人。他們一見到李善德，就哄哄地叫起來，說要喝長安酒。李善德這才想起，他之前答應過他們，要帶些長安城出產的佳釀到嶺南。所以這些人一聽說城人回來了，便跑來討酒喝。

李善德笑容頗不自然。他這次趕回嶺南，日夜兼程，連行李都嫌多，更不可能帶酒。阿僮見他有些不對勁，拽他到一邊悄聲問道：「城人，酒你忘記帶啦？」

「唉，唉，事務繁忙，真的沒空帶。」

「我的蘭桂芳你也沒帶？」

「慚愧，慚愧……」

阿僮瞪了他一眼：「就交代你一件事，居然還忘記了！你的記性還不如斑雀呢！我要把荔枝帶回去！」她說完，走到峒人們面前，嘰哩咕嚕地解釋。峒人們發出失望的嘆息聲，可終究沒有鬧騰。

李善德趁機說請大家喝廣州城裡的酒。峒人們一聽，也是難得的機會，又興奮起來。李善德讓館驛取來幾罈波斯酒，打開罈子，請大家開懷暢飲。這些峒人一邊喝著，一邊大叫大唱，在房間內外躺了一地。館驛的掌櫃一臉厭惡，可礙於李善德的面子，只得忍氣吞聲地小心伺候。

阿僮倚著案几，拿起酒碗一飲而盡，然後斜睇著眼看那個掌櫃，對李善德道：「瞧，你們城人看我們峒人，就是這種眼神，好像一條細犬跑到他榻上似的。」

李善德「嗯」了一聲，卻沒答話。手裡色如琥珀的波斯酒，又讓他想起蘇諒。阿僮見他有心事，好奇地問起，李善德便如實說了。

阿僮驚道：「原來今天是你生日。」

李善德啜了一口酒，苦笑：「四十二了，還像個轉蓬似的到處奔波，不得清閒。」

「那你幹麼還要做？」

「很多事情身不由己啊！就像蘇老這件事，我固然想踐諾，卻也無可奈何。」他瞥了眼呼呼大睡的花狸，「還是妳和花狸的生活好，簡單明瞭，沒那麼多煩惱。」

阿僮從筐裡翻出一顆碩大的荔枝：「喏，這是今年園子裡結出最大的一顆，我們都叫這種荔枝『丹荔』，每年就一顆，據說吃了能延年益壽。你今天既然生日，就給你吃吧。」

李善德接過荔枝，有點猶豫：「這如今可都是貢品了。」

阿僮一拍他腦袋：「園子裡多了，不差這一顆。你不吃我就送別人了。」

李善德輕輕剝開，現出一丸溫香軟玉，晶瑩剔透，手指一觸，顫巍巍好似脂凍，果然與尋常荔枝不同。他張開嘴，小心翼翼地一整顆吞下去，甘甜的汁水霎時如驚濤一般，拍過齒縫，漫過牙齦，滲入滿是陰霾的心神之中，令精神為之一清。

「謝謝妳，阿僮姑娘。」

阿僮不以為意地一擺手：「謝什麼，好朋友就是這樣。你忘了帶酒給我，但我還是願意給你丹荔。那個蘇老頭真是急性子，怎麼不聽你解釋呢？」

「唉，這件事錯在我，而且他的損失也確實大。找機會我再補償他吧。」李善德拍了拍腦袋，想起正事，「哎，對了，妳的園子，掛著的荔枝還夠吧？」

「你這人真囉唆，問幾遍了？都留著沒摘呢。」阿僮說到這個仍是氣鼓鼓的，「你們城人壞心思就是多，要荔枝就要吧，非要劈下半條枝幹。運走一叢，要廢掉整整一棵好樹呢。」

「我知道，我知道，橫豎一年只送去幾叢，不影響妳園子裡的大收成。我會請皇帝給妳補償，好布料隨便挑！」

「再不信你了，先把長安酒兌現了再說！」

「呃，快了，快了。眼看這幾日即將啟運，我一到長安馬上寄給妳。」

李善德帶著微微的醉意承諾。他把花狸攬過來，揉著牠的肚子，撥弄著牠的耳朵，聽著牠呼嚕呼嚕的聲音，也不知是打鼾還是舒服。他忍不住腹誹了一句，這樣的主子，伺候起來才真是心無芥蒂。

次日李善德酒醒之後，發現阿僮和那一群峒人早已離開，只把花狸留在他懷裡。他想趕緊起身辦公，花狸卻先一步縱身躍到案几上，一腳把銀牌踢到地上，然後伸出爪子把文書邊緣磨得參差不齊。他嚇得想要把牠抱開，牠一回身，居然用牙咬起地上的牌子。

「要說不畏權貴，還是只有你呀。」李善德又是無奈又是欽佩，掏出一塊魚乾，這才引開主子的注意力，把牌子拿回來。

在花狸眼中，右相這塊銀牌不過是塊磨牙牌子，可在別人眼裡，卻比張天師的請神符還管用。李善德有了這塊牌，對全國驛站皆可以如臂使指。

這幾天，除了嶺南這邊緊鑼密鼓地忙碌，驛站沿線的各種準備工作也陸續展開。雪片一般的文牘匯總到廣州城裡，李善德一天要工作七個時辰才應付得了。他在牆上畫了一條橫線代表驛路，每一處驛站配置完畢，便畫一條豎線在上面。隨著五月十九日慢慢逼近，豎線與日俱增，橫線漸漸變得像是一條百足蜈蚣。

五月十三日，趙辛民又一次來訪。這次他沒帶什麼禮品，反而面帶神祕。

「尊使可還記得那個波斯商人蘇諒？」

李善德心裡「咯噔」一下，難道他去經略府鬧了？趙辛民見他面色不豫，微微一笑：「昨日經略府在廣州附近查處了一支他旗下的商隊，發現他們竟偽造五府通行符牒。」

李善德吃了一驚，在這個節骨眼上，經略府突然提出這件事，是要做什麼？趙辛民淡淡道：「這些胡商偽造符牒不說，還在上頭偽造了尊使的名諱，妄稱是替荔枝使做事。這樣的符牒，居然偽造了五份，當真是膽大包天！」

趙辛民見李善德臉色陰晴不定，不由得笑道：「我知道尊使與那胡商有舊。不過他竟打著您的名義招搖撞騙，可見根本不念舊誼。尊使不必求情，經略府一定秉公處理。」

李善德總算聽明白了，趙辛民是來賣好的。他一定是聽說蘇諒和自己鬧翻，故意去抓五張符牒的把柄，還口口聲聲說老胡商是冒用荔枝使的名號。這樣一來，既替李善德出了氣，又把他私賣通行符牒的隱患消除了。

看來追殺一事，經略府始終惴惴，所以才如此主動賣他個大人情。

「你……你們打算怎麼處置他？」李善德有點著急，想趕緊澄清一下。

「市舶使的精銳已整隊前往老胡商的商號，準備連根拔起。」

李善德雙眼驟然瞪圓，他失態地抓住趙辛民雙臂：「不可！怎麼可以這樣！你們不能這麼做！」

趙辛民語重心長道：「尊使，既已鬧翻，便不可手下留情。婦人之仁，後患不絕……」

可他話沒說完，李善德已瘋了一樣衝出館驛，遠遠傳來他的高喊聲：「備馬！快備馬！我要去廣州港！」

趙辛民望著這婦人之仁的荔枝使，著實有點無奈。事已至此，你現在去又有什麼意義？難道能挽救蘇諒？就算救下來，難道因報效而起的齟齬，便能冰釋不成？

可他不能不管，只好快走幾步，喊道：「尊使我們同往，我為你帶路。」

*

廣州一共有三個港口，其中扶胥和屯門為外港，珠江旁的廣州城港為內港，乃是有名的通海夷道，港內連帆蔽日，番夷輻輳，水面常年漂浮著幾十艘來自海外三十六國的大船寶舶，極為繁盛。

李善德一路趕到廣州城港，趙辛民本以為他要去阻攔官府查抄蘇諒的貨棧，不料他卻一口氣跑到碼頭邊緣，朝著珠江出海的方向望去。望著望著，李善德一屁股癱坐在棧橋上，豆大的汗珠從額頭沁出。

恰好市舶使的查抄行動結束，負責的伍長把抄沒清單交給趙辛民。他走到李善德面前，將清單遞過去：「剛剛收到消息，蘇諒的幾條大船聽到風聲，昨天連夜拔錨離港了，這是他們來不及搬走的庫存，尊使看看有無合意的，筆端上好處理。」

李善德拿過清單看了一遍，先是痛苦地閉上眼睛，然後突然跳起來，揪住趙辛民的衣襟狂吼：「你們這群自作聰明的蠢材！蠢材！」

在他的荔枝轉運計畫裡，有一樣至關重要的器物——雙層甕。無論是分枝植甕之法還是鹽洗隔水之法，都用得著。不過這個雙層甕，只有蘇諒的船隊才有，別處基本上看不到。不是因為難燒，而是因為其應用範圍十分狹窄，平時只用於海運香料。除了蘇諒這樣的香料商人，沒人會準備這種東西。

李善德在擬訂計畫之初，為了節省費用，沒有安排工坊燒製，打算直接從蘇諒那裡採購。即使兩人鬧翻，李善德還在幻想多付些絹帛給他，彌補報效未成的損失。

現在倒好，經略府貿然對他下手，讓局面一下子變得不可收拾。

這位老胡商的嗅覺比狐狸還靈敏，一察覺風聲不對，立刻壯士斷腕，揚帆出海。更讓李善德鬱悶的是，蘇諒不知道是經略府自作主張，只會認為是李善德想斬草除根。兩人之間，再無人情可言。

他知道，李善德的痛處是這雙層甕，沒有它，荔枝轉運便不成，所以在撤離時果斷帶走了所有的存貨——這是對背信棄義的小人最好的報復！

聽明白箇中緣由，趙辛民的臉色也變得煞白。一個賣人情的舉動，反倒毀了荔枝轉運之事，這個責任，縱然是他也承擔不起。

「那……請廣州城的陶匠現燒呢？」

「今天已是五月十三日，十九日就得出發，根本來不及！」

「全廣州賣香料的又不止他蘇諒一個，我這就叫市舶使聯絡其他商人，清點所有商棧！」

趙辛民跌跌撞撞跑開了，李善德望著煙波浩渺的珠江水面，心中泛起的愁苦連丹荔都化不開。一來是與蘇諒之間的誤會，怕是至死也解不開；二來是千算萬算，沒想到竟在這裡發生變數，滿腔的愁苦無處訴說。

接下來一整天，廣州港所有商棧被市舶使的人翻了個遍，結果只找到兩個，還是破損的。趙辛民這次算是真的盡了心，他忙前忙後，居然想到一個補救辦法。

這邊的胡商嗜吃牛肉，因此廣州城裡的聚居區有專殺牛的屠戶，且不受唐律[88]所限。有些奸猾的牛販子為了多賺些錢，賣牛前故意往牛嘴裡灌入大量

88 依據唐律不得殺牛，即使是殺自己養的牛也會遭到判刑。

清水，把胃撐得很大。趙辛民原本是販牛出身，對這些市井勾當相當熟悉。他的辦法是：取來新鮮牛皺胃，塞入一個單層甕內，先吹氣膨大，胃內側用石灰吸去水分，抹一層蜂蠟定形，再將食道口沿罈口一圈黏住，只留一處活口。只要把活口打開，就能為外層注水，清水會流入罈內壁與牛胃外壁之間的區域。牛胃不會滲水，可以保證內層乾燥，同時也能透氣。這樣一番操作下來，勉強可以當作雙層甕使用。

唯一比較麻煩的是，牛胃會日漸腐爛。即使用石灰處理過，也只能支撐數日，便必須更換新的。

李善德對這個辦法很不滿意。首先，沒經過試驗，不知對植入甕中的荔枝枝幹有什麼影響；其次，三日就要更換一個新胃，還得準備石灰、蜂蠟等材料，讓途中轉運的負擔變得更加繁重，憑空增加許多變數。

但他已無餘裕慢慢挑選更好的材料了。走投無路的李善德只得告訴趙辛民，限他一日之內，把所有的甕具準備好，且接下來啟運的所有工作，也將交給他完成。

「我一定盡力辦妥，但尊使您要去哪裡？」趙辛民問。

「我會提前離開廣州，逐一檢查路線。」李善德揉著太陽穴，疲憊地回答。

雙層甕出錯之後，他意識到，自己不能等到十九日和荔枝轉運隊一起出發。沿途類似的突發事件很多，從文書上是看不出來的，他得提前把驛路走一遍，清查所有的隱患。

李善德現在不敢信任任何人，只能壓榨自己。

可他沒想到的是，在即將離開之際，又一個意外發生了。

這一次的麻煩，來自阿僮。

五月十五日一大早，李善德快馬上路。他打算先去一趟石門山，最後一次親眼確認山下的荔枝生長狀況，然後再踏上歸路。

一到莊子口，他驚訝地發現，大批經略府士兵圍在園子內外，如火如荼地砍伐荔枝樹，而阿僮和許多峒人則被攔在外圈，驚恐而憤怒地叫喊著。

「這……這是怎麼回事？」李善德勒住馬，厲聲問道。

現場指揮的正是趙辛民。他認出李善德，連忙過來解釋，說他們是奉命前來截取荔枝枝條，行掇樹之術，做轉運前的最後準備。

這件事李善德知道，本來就是他安排的。他在第二次抵達嶺南之前，曾委託阿僮做了一次試驗，如果將荔枝枝條提前截下，放在土裡溫養，等隱隱長出白根毛，再移植入甕中，存活時間會更長一些，此法稱作「掇樹之術」。

事實上，這不是什麼新發明。廣東種植新荔枝樹，早已不是靠埋荔枝核，那樣太慢，而是取樹間好枝刮去外皮，以牛屎和黃泥壅培，待生出根鬚後，再鋸斷移栽。這正是掇樹之術的原理，峒人則稱為高枝壓條。

「我知道到了行掇樹之術的日子，但你們為什麼砍這麼多？」

李善德憤怒地朝園中觀望，只見將近一半的荔枝樹都慘遭毒手，粗大的主枝被鋸下，殘留著半邊淒慘的軀幹，如同一具具被車裂的遺骸。他記得自己明明規定過，這次只要運送十叢荔枝，最多砍十棵樹就夠了啊。

趙辛民「呃」了一聲，還沒回答，另一邊阿僮已經發現李善德，大哭著跑過來。在李善德的印象裡，這個姑娘永遠是一張開朗爽快的笑臉，他還是第一次見她面露絕望與惶恐，和自己女兒有一年看花燈走失的神情一樣，他不禁大為心疼。

「城人，他們欺負我！他們要把我阿爸阿媽種的樹全都砍掉！」阿僮帶著哭腔喊道，嗓音嘶啞。

「放心吧，阿僮，我不會讓他們欺負妳！」李善德重新以嚴厲的目光看向趙辛民，「快說！為何不按計畫截枝？誰讓你們多砍的？」

他從來沒有這麼憤怒過，感覺就像看到自己女兒被人欺負。趙辛民從懷裡取出一軸文牒，李善德展開一看，整個人頓時呆住。

這是來自京城的文牒，來自楊國忠本人。李善德正為雙層甕的事忙得暈頭轉向，這個指示便轉去了趙辛民那裡。

文牒內要求：六月一日運抵京城的荔枝數量，要追加到三十叢。

怎麼會這樣？萬事即將俱備，怎麼上頭又改需求？

饒是李善德是個佛祖脾氣，也差點破口大罵。他楊國忠知不知道，需求數量一變，所有的驛乘編組都得調整，所有的交接人馬都得重配，工作量可不是一加一那麼簡單。

趙辛民也是一臉無奈。他拉住李善德衣袖，低聲道：「貴妃娘娘吃到了荔枝，那麼她的大姐韓國夫人要不要吃？三姐虢國夫人要不要吃？楊氏諸姐妹個個都得照顧到，右相就只能來逼迫辦事之人，咱們這些倒楣蛋又不是得罪不起的。」

「那砍三十棵就夠了，何必把整個園子都……」

說到這裡，李善德自己先頓住了，趙辛民苦笑著點點頭。

李善德是做過冰政的人，很了解這個體系的秉性。每到夏日，上頭說要一塊冰，中間為求安全，會按十塊來調撥。下頭執行的人為了更安全，總得備出二十塊才放心。層層加碼，步步增量，至於是否會造成浪費，無人關心。

所以右相要三十叢荔枝，到了都省就會增加到五十叢，轉到經略府，就會變成一百叢，辦事的人再留些餘裕，至少會截出兩百叢。李善德無法苛責任何人，這與貪腐無關，也與地域無關，而是大唐長久以來的規則。

阿僮看李善德呆在馬上，久久不出聲，急得直跺腳：「城人，城人，你快說句話呀！你不是有牌子嗎？快攔住他們呀！」

李善德緩緩垂下頭，他發現自己的聲帶幾乎麻痺，連帶著麻痺的，還有那顆衰老疲憊的心臟。

是，右相的命令非常過分，張嘴就要加量，絲毫沒有考慮到一線辦事人員的難處。但那是右相啊，一個小小的荔枝使根本無力抗衡。更何況，如果他現在勒令停止砍伐，那些官吏便會立刻罷手，停下所有的事。屆時連轉運隊伍都無法出發，一切可就完了。

這麼複雜的事，他實在沒辦法跟阿僮解釋清楚。但這女子仍在哀哀哭號，雙眼一直定在他身上。她打不過那群如狼似虎的城人，只有這一個城人可以相信，可以依靠。

「阿僮啊，妳等等。等我從京城回來，一定給妳個交代……」李善德的口氣近乎懇求。

「城人，你現在不管嗎？他們可是要砍我阿爸阿媽的樹啊！」阿僮瞪大眼睛，幾乎不敢相信。李善德還要開口說什麼，她卻嘶聲叫道，「你還說這裡從此是皇莊，沒人敢欺負我，難道是騙人的嗎？」

李善德心中苦笑，正因為是皇莊，所以內廷要什麼東西，就算把地皮刮開也得交出去。他翻身下馬，想要安慰她一下，她卻一臉警惕地躲開了。

「你騙我！你騙我說為我帶長安的酒，你騙我說沒人會欺負我！你騙我說只砍十棵樹！」阿僮似乎要把整個肺部撕裂，渾身的血都湧上面頰，可隨即又褪成蒼白的顏色，「我本以為你和他們不一樣……」

阿僮猛地推開李善德，一言不發地轉頭走開。她瘦弱的身體搖搖擺擺，像一棵無處遮蔽，被烈風摧殘過的小草。

李善德急忙要追過去，卻被眼神不善的峒人們阻住了。只見阿僮跌跌撞撞走到園中，走過每一棵殘樹，喚著阿爸阿媽。待她走到深處一處砍伐現場，突然從腰間抽出割荔枝的短刀，朝著旁邊一個指揮的小吏刺過去。

小吏猝不及防，被她一下捅到大腿，驚恐地跌倒慘叫起來。其他人一擁而上，把阿僮死死壓在地上。刀被扔開，手腕被按住，頭被死死壓在泥土裡，可她始終沒有朝李善德再看一眼。

正午的太陽剛剛爬到天頂的最高處，沒有了荔枝樹的蔭庇，強烈的陽光傾瀉下來，將整個莊子籠罩在一片火獄般的酷熱之中。李善德的脖頸被晒得微微發痛，他知道，如果不立即執行掇樹，這些荔枝都將迅速腐壞，讓過去幾個月的努力澈底成為泡影。而如果自己再不出發，也將趕不及提前檢查路線。

他從來沒有這麼厭惡過自己，多審視自己哪怕一眼，胃部都會翻騰。

坐騎突然發出一聲不安的嘶鳴，猛然踢踏了幾下，李善德睜開眼，發現花狸撓了馬屁股一下後，迅速逃開十幾步遠。牠注視著李善德，脖頸的毛根根倒豎，背部弓起，不復從前的慵懶。

「快把她放開！不要為難她。」

李善德揮動手臂，趙辛民原地不動，等他做另外一個決定。李善德強制自己挪開視線，聲音虛弱得像被抽走了魂魄。

「繼續執行……」

他痛苦地閉上眼睛，抖動韁繩，策馬奔馳起來。可這樣還不夠，他拿起鞭子抽打馬屁股，不斷加速，只盼著迅速逃離這一片荔枝林。可無論坐騎跑得多快，李善德都無可避免地在自己的良心上看見一處黑跡。

在格子簿的圖例裡，赭點為色變，紫點為香變，朱點為味變，而墨點，則意味著荔枝褐變，流出汁水，澈底腐壞。

六

一匹疲憊的灰色閹馬在山路上歪歪斜斜地跑著，眼前這條淺綠色的山路曲折蜿蜒，像一條垂死的蛇在掙扎。黏膩溫熱的晨霧彌漫，遠方隱約可見高大雄渾的蒼翠山廓，夸父一般沉默峙立，用威嚴的目光俯瞰這隻小螞蟻的動靜。

李善德面無表情地抱住馬脖子，每隔數息便夾一下馬鐙。雖然坐騎早已累得無法跑快，可他還是盡義務似的定時催促。

自從他離開石門山之後，整個人變成一塊石頭，濾去一切情緒，只留下官吏的本能。他每到一處驛站，便第一時間按照章程進行檢查，仔細、嚴格、無情，而且絕不通融。待檢查完畢，他又立刻跨上馬，前往下一處目標。

他對自己比對驛站更加苛刻，連休息的時間都沒有留下，永遠在趕路，經常在馬背上晃著晃著昏睡過去，一下摔落在地。待清醒過來，便繼續上馬疾行，彷彿只有沉溺於艱苦的工作，才能讓他心無旁騖。

此刻他身在岳州昌江縣的東南群山之間，這裡是連雲山與幕阜山相接之處，地勢如屏如插，東南有十八折、黃花尖、下小尖，南有轎頂山、甑蓋山、十八盤，光聽名字便知地勢如何。

但只要一離開這片山區，便會進入相對平坦的丘陵地帶，然後從汨羅江順流直入洞庭湖，進入長江。這一段水陸轉換，是荔枝運轉至關重要的一環，李善德檢查得格外仔細。

他跑著跑著，一座不大的屋舍浮現在眼前的霧氣中，沒有歇山頂，而是斜平頂，兩側出椽，乃是驛站的典型特徵。李善德看了看驛簿，這裡應該叫做黃草驛，是連雲山中的一個山站。

然而待他靠近後，卻發現驛站屋門大敞，門前空蕩蕩的，極為安靜。李善德眉頭一皺，驅馬來到門口，翻身下馬，對著屋舍高聲喊：「敕使至。」

沒有任何回應。

李善德推門進去，屋舍裡同樣空空蕩蕩。無論是前堂、客房、伙房，還是停放牲口的側廄，統統空無一物。他巡視了一圈，發現屋舍裡只要能搬動的東西都沒了，伙房裡連一個碗碟都不剩，只有櫃子後頭散亂地扔著幾軸舊簿紙和小木牌。

「逃驛？！」

這個詞猛然刺入李善德腦海，讓他驚得一陣顫抖。

大唐各處驛站的驛務人員，包括驛長和驛卒，都是附近的富戶與普通良民擔任，視同傜役。驛站既要負責官使的迎來送往，也要承擔公文郵傳，負擔很重，薪俸卻不高。因此一旦有什麼動盪，這些人便會分了屋舍財貨一哄而散，這個驛站就廢了。

李善德為了杜絕逃驛，特意在預算裡加入一筆貼直錢，用來安撫沿途諸驛的驛長和驛卒。他覺得哪怕層層剋扣，分到他們手裡也有一半，足以安定人心了。

他面色凝重地裡外轉了幾圈，真的是「家徒四壁」，乾淨得很。驛站原存的牛馬驢騾，以及為了荔枝轉運特意配置的健馬全被牽走，草料、豆餅與輓具也被一掃而空。唯一倖存下來的，只有一個石頭馬槽，槽底留著一汪淺淺的髒水。

李善德坐在屋舍的門檻上，展開驛路圖，知道這回麻煩大了。哪裡發生逃驛不好，卻偏偏發生在黃草驛。

此地銜接連雲、幕阜兩山，山勢蜿蜒，無法按照每三十里設置一處驛所，只能因地制宜。這個黃草驛所在位置，是遠近八十里內唯一能提供水源的地方，一旦逃驛，將會在整條路線上撕出一個巨大的缺口。飛騎將不得不多奔馳八十里路，才能更換騎乘馬匹和補給。

更麻煩的是，一離開昌江縣的山區，就要立刻棄馬登舟，進入汨羅江水路。這裡耽擱一下，水陸轉換就多一分變數。

今日是五月二十二日未時，轉運隊已從嶺南出發三日，抵達黃草驛的時間不會晚於五月二十三日午時。

李善德意識到這一點後，急忙奔出屋舍，跨上坐騎。現在去追究逃驛已無意義，最重要的是把缺口補上。他能想到的唯一辦法，就是找到附近的村落，徵調也罷，購買也罷，必要弄幾匹馬過來。

在山中尋找村落並非易事，李善德只能離開官道，沿著溪流的方向尋找。總算皇天不負苦心人，他很快便看到山坳處一座村落，散落著十幾棟夯土茅屋。

可村子裡和驛站一樣空無一人，沒有炊煙，沒有狗吠，遠處山坡上的田地裡，看不到任何牲畜。路旁的狹小菜畦裡，野草瘋了一樣侵凌著弱小的菜苗。李善德走進村子，感覺周圍開著黑乎乎空洞窗口的幾棟土屋，像一具具無助的骷髏頭注視著他。

莫非這些村民也逃走了？難道附近有山賊？

李善德無奈地退回驛站，在屋舍裡的櫃檯翻來翻去，想要找出答案。他打開地上那兩卷殘存的簿紙，一卷是本站帳冊，一卷是周邊山川圖。他先把帳冊收起，留待以後查驗，然後便鑽研起地圖。沒過多久，李善德抬起頭，深深吸了一口氣。

如今別無他法了。

從周邊山川圖來看，這黃草驛所在位置，距離汨羅江的水驛直線距離並不遠，兩者恰好位於一道險峻山嶺的上緣與下麓，道路不通，行旅必須繞行一段名叫「十八折」的曲折山路，才能迂迴離開山區。

李善德決定把自己這匹馬留在黃草驛，這是匹好馬，後來的騎手多一匹馬輪換，速度可以提升許多。至於他自己，則徒步穿行下方山嶺，直抵汨羅水驛。

孤身一人夜下陌生山嶺，其中的風險不必多說，可李善德就像存心要糟踐自己似的，毫不猶豫地做出了決定。

*

五月二十二日，子時。

汨羅水驛的值更驛卒打著呵欠，走出門，對著江水小解。上頭發來文書，要他們早早備好幾條輕舟和槳手，將有極緊急的貨物路過，所以這幾日他們都處於高度緊張狀態。

驛卒撒完尿，突然聽到身後有奇怪的聲音。他回過頭，黑暗中看不清是什麼，但卻可以清楚聽到腳步聲。不對，節奏不對，這腳步聲裡帶著一種拖曳感，似乎有什麼東西拖在地上移動，隱約還有低沉的粗喘聲，更像是吼叫。

驛卒有點害怕，他聽過往客商講過靈異故事。據說當年三閭大夫在這江中自盡時，不小心把一條於江邊飲水的山蛇也拖了下去。三閭大夫從此受漁民供奉，每年有粽子可吃，可那條枉死的山蛇卻沒人理睬，日久化為怨靈，一到夜裡就會把站在江邊的人拖進水裡吃掉。

莫非是山蛇精來了？他害怕極了，剛要轉身呼喊夥伴，那黑影卻一下子撲過來。借著驛站的燈籠，驛卒這才看出，來者竟是一個人！

這人一頭斑白頭髮散亂披下，渾身衣袍全是被藤刺劃破的口子，袍上沾滿了蒼耳和灰白色的痕跡，大概是在山石上蹭過。他走起路來一瘸一拐，右腿一直拖在地上，似乎受了很嚴重的傷。

驛卒稍微放心了些，喝問他是誰。這人勉強從懷裡掏出一份敕牒，虛弱地答道：「上林署監事判荔枝使李善德，奉命前來……前來查驗！」

李善德這次能活著抵達汨羅水驛，絕對是個奇蹟。他從下午走到深夜，穿行於極為茂密的灌木與綠林間，複雜多變的山勢被藤蘿遮蔽了危險，導致他數次踩空而一口氣滾落數十尺，並因此摔傷了右腳腳踝，渾身更是血口無數，連李善德自己都不知道自己是怎麼撐下來的。

如果招福寺的住持知道這件事，一定會說是因為李施主瞻仰過龍霞，福報繚繞。

李善德簡單查驗過水驛之後，立刻登上一條輕舟，喚來三名槳手，交替輪換，毫不停歇地朝洞庭湖划去。

就長途旅行而言，乘船要比騎馬舒服多了。李善德斜靠在船艙裡，總算獲得一段閒暇時光。他渾身痠痛得要死，只有嘴巴和胳膊還能勉強移動，急需休養。小舟輕捷地在江面上划行，順流加上槳划，以致速度驚人。幾隻夜遊的水鳥反應不及，驚慌地搧動翅膀，才堪堪避開船頭。

李善德面無表情地咀嚼著乾硬的麥饃[89]，唯一能動的駱駝從船篷上抽下幾根乾草，充作算籌，在黑暗中飛速計算起來。過不多時，他駱駝的動作一僵，似乎算出了什麼。

這一次荔枝轉運，意料之外的麻煩實在太多了。

之前雙層甕和掇樹的紛爭，對荔枝保鮮品質產生了微妙的影響，而黃草驛的逃驛事件和其他一些驛站的失誤，也耽擱了速度。積少成多，這些大大小小的意外湊在一起，導致的後果十分驚人。

按照原計畫，荔枝樹的枝條將在渡江抵達江陵之際枯萎。當地已經準備好了冰塊和竹筒。飛騎將把荔枝迅速摘下，用竹籜隔水之法處理，再加以冰鎮並繼續運送。

然而剛才的計算顯示，因為行程中的種種意外，以及保鮮措施縮水，荔枝枝條很可能會提前在進入岳州之際枯萎。而岳州無冰，飛騎只能用「鹽洗隔水之法」堅持到山南東道的江陵，再改換冰鎮。岳州到江陵這一段空窗，對

89 麥饃，類似饅頭。

荔枝的新鮮度將是致命打擊。

李善德疲憊地閉上眼睛，山岳他可以翻越，但要從哪裡憑空變出冰塊？這道題解不開，難道荔枝運到這裡，便是極限了嗎？

完了，完了……

在絕望和疲憊交迫之下，李善德的意識逐漸渙散，不知不覺陷入昏睡。李善德夢見自己走進一片樹林，明明是桂花樹，枝頭上卻掛滿荔枝，甘甜與芬芳交融，令他有些陶然。他信手剝開一顆荔枝，裡面竟是一張陌生女子的面孔，與阿僮有幾分相似。他又剝開另外一顆，又是一個陌生男子的面孔。

他嚇得把荔枝拋開，攀上桂花樹高處。那桂花樹卻越來越歪斜，低頭一看，一隻斑斕猛虎在樹下獰笑著抓著樹幹。李善德正要呼喊求饒，卻發現不知何時，夫人與女兒也在樹上，緊緊抱住自己。女兒號啕大哭，喊著「阿爺阿爺」。

本來他以為老虎不會爬樹，他們暫時是安全的，可桂花樹的樹根猛然拱起，把地面抬得越來越高，猛虎距離樹頂越來越近。一瞬間，所有的荔枝爆裂開來，噴出濃臭的汁水。無數魂魄呼嘯而出，將桂花樹、荔枝和他們全家淹沒……

他霍然醒來，掙扎著起身，不防右腿一陣劇痛，整個人「咣噹」一聲摔到船艙底部。這時槳手進來稟報，已接近洞庭湖的入江口了，耳邊傳來嘩啦的水聲，他竟睡了快十二個時辰。

這條輕舟只能在河、湖航行，如果要繼續橫渡長江，必須更換更堅固的江舟。李善德有氣無力地「嗯」了一聲，還未從噩夢的驚懼中恢復。

這噩夢實在離奇，就算是當年長安城最有名的方士張果，恐怕也解不出此夢的寓意。不過隨著神志復甦，夢裡的細節也飛快消散，一如烈日下的冰塊。很快，李善德便只記得一個模糊的畫面：那老虎倚著荔枝樹樹根，地面升起，朝著桂花樹頭不斷逼近。

等等……李善德突然意識到什麼。

冰塊，對了，冰塊。他想起昏睡之前的那個大麻煩。這個問題不解決，他還不如睡死算了。

也許是充足的睡眠讓思考恢復敏銳，又或許噩夢帶來的不只是悚然，李善德突然明白最後一絲殘存夢境的真正解法。

桂花樹沒有倒到地上，地面卻漸漸逼近桂花樹。那麼，荔枝趕不到冰塊所在之處，就讓冰塊去找荔枝！

原來我連做噩夢都在工作啊……李善德顧不得感慨，趕緊拿起輿圖，算起行程。只要先趕到江陵，讓他們把冰塊反方向渡江運到岳州，應該正好能和轉運隊銜接上！

「立刻換舟，我要去江陵！」李善德掙扎著起身，對篷外喊起來。

*

五月二十四日卯時，一條江舟順利抵達江陵城外的碼頭。碼頭上的水手們好奇地看過來，區區一條長鰍江舟，居然配備了三十個槳手，個個累得汗流浹背。雖說溯流要配備槳手不假，可一條小船配三十個，你當這是龍舟啊？

李善德全然不理會這些目光，直奔轉運使衙署而去。負責接待他的押船監事態度恭謹，可一聽說要派船把冰塊送去岳州，便露出為難神色。

「大使明鑑。駕部司發來的公文說得明白，要我等安排人手，把荔枝送去京城。而去岳州方向相反，不合規定呀。」

李善德沒有餘裕跟他囉唆：「一切都以荔枝轉運為優先。」

押船監事卻不為所動：「本衙只奉駕部司的公文為是，要不您去問問京城那邊？」

「沒那個時間，現在我以荔枝使的身分，命令你立刻出發！」

「大使恕罪，但本衙歸兵部所管……」

李善德拿出銀牌，狠狠地批到監事臉上，登時批得他血流滿面，再一腳將他踹翻在地，自己也因腿傷差點跌倒。

監事有心反抗，可一看牌子上的「國忠」二字，再不敢多言，只囁嚅道：「可是，可是江上暑熱，冰塊不堪運送啊！」

這點小事，難不倒曾主持過冰政的李善德。他親自來到冰窖門口，吩咐庫丁們把四塊冰疊壓在一起，再用深井之水潑在縫隙處。他一共動用了二十塊，合併成五方。這五方搬運上船後，再次疊壓，看上去猶如一座冰山，用三層稻草苫好。

監事有些心疼地叨念，說是即便如此，送到岳州只怕也所剩無幾了。李善德不動聲色道：「我算過了，融化後剩下的，應該足夠荔枝冰鎮的量。」

「二十塊大冰啊，夠整個江陵府用半個月，竟為了那麼一小點用處，這也太浪……」監事還要再說，可他看到李善德的冷酷眼神，只得把話嚥下去。

然而很快問題又來了。這條運冰船吃水太深，必須減重才能入江。

監事吩咐把壓艙物都搬出來，卻還是不行。

李善德道：「從江陵到岳州是順水而下，把船帆都去掉。」

眾人依言卸下船帆，可吃水線還是遲遲不起。

李善德又道：「既然江帆不用，桅杆也可以去掉，砍！」

監事「啊」了一聲，正要反對，李善德瞪了他一眼：「你有什麼好辦法，盡可以說給右相聽。」

於是幾個孔武水手上前，舉斧把桅杆砍掉，扛了下來。

李善德掃了他們一眼：「這船上多少水手？」

「十五名。」

「減到五名。」

除了五名最老練的水手留下，其他人都下了船，可吃水線還是差一點。

「與行船無關的累贅一律拆掉！」李善德的聲音比冰塊還冷。

於是他們拆下船篷，拆掉半面甲板，連船頭飾物和舷牆都沒放過，還扔掉了所有的補給。一條上好的江船，幾乎被拆成一個空殼。送完冰塊之後，這條船不可能再逆流返回江陵，只能就地拆散。

李善德目送光禿禿的運冰船朝下游駛去，之後沒有多做停留，繼續北上。前面出了這麼多狀況，他更不敢掉以輕心，得把整條路提前走過一遍才踏實。

為了這些荔枝，他已經失去太多，絕對不能失敗。

*

六月一日，貴妃誕辰當天，辰時。

一騎快馬朝著長安城東側的春明門疾馳而去。

馬匹是在驛站剛剛輪換的健馬，皮毛鮮亮，四蹄有力，跑起來鬃毛和尾巴齊齊飄揚。可牠背上的騎士卻軟軟地趴在馬鞍上，臉頰乾癟枯槁，全身被塵土覆蓋，活像個毫無生命的土俑。一條右腿還從馬鐙上垂下，無力地來回晃蕩。與其說這是活人，不如說是捆在馬上的一具行屍。

過去七日，李善德完全沒有休息，他從骨頭縫裡榨出最後幾絲精力，把從江陵到藍田的水陸驛站逐一檢查了一遍。今日子時，他連續越過韓公驛、青泥驛、藍田驛和灞橋驛，先後換了五匹馬，最終抵達長安城東。

馬匹接近春明門之際，李善德勉強撐開糊滿眼屎的雙眼。短短數日，他的頭髮已然全白，活像一捧散亂的頹雪。根根銀絲映出的，是遠處一座前所未見的城門。

那城樓四角早早掛上霓紗，寸寸綰著絹花，向八個方向連綴著層疊彩旗。城門正上方用細藤和編筐吊下諸品牡丹，兼以十種雜蕊，令人眼花撩亂，將城門妝點得如同仙窟。

不只春明門，全城所有的城門，城內所有的坊市都如這般妝點。為了慶祝貴妃誕辰，整個長安城化作一片花卉的海洋，可謂萬花攢集、千蕊齊放、香氣沖霄、芳華永繼，極盡絢爛之能事。城門尚且如此，不難想像此時那棟花萼相輝樓該是何等雍容華貴。

以往貴妃誕辰，都是在驪山宮設宴，唯有這次是在城中。現在這場盛宴只差最後一樣東西，即可完美無瑕。

距離春明門還有一里出頭，李善德的身子突然晃了晃。他的力氣已是涓滴不剩，毫無掙扎地從馬背上跌落，重重摔在一塊從泥土中露出的青岩旁邊。

李善德迷茫地看向身下，發現那不是一塊青岩，而是一塊劣質石碑。碑上滿是青苔和裂縫，字跡漫漶不清。他再向四周看去，發現自己置身於一片矮丘的邊緣。坡面野草萋萋，灰褐色的沙土與青石塊各半。矮丘之間有許多深淺不一的小坑，坑中不是薄棺便是碎碑，偶爾可見白森森的骨頭。幾條野狗蹲在不遠處的丘頂，墨綠色的雙眼朝這裡望來。

李善德認出來了，這是上好坊，是杜子美曾經遊蕩過的上好坊，長安近郊的亂葬崗。這裡和不遠處的春明門相比，簡直就是無間地獄與極樂淨土之別。

李善德沒有急切地逃離這裡，他有一種強烈的感覺，也許此處才是自己最終的歸宿。

「杜子美啊，杜子美，沒想到我也來啦。」

李善德嚅動了一下嘴脣，不知那個獨眼老兵還在不在。他想站起身，奈何右腿卻一點也不爭氣。在奔波中右腿沒有及時救治，基本上算是廢了。他索性癱坐在石碑旁，身軀緊緊倚靠著碑面。上好坊的地勢較高，從這個角度看過去，春明門與長安大道盡收眼底。

理論上，現在荔枝轉運應該快要衝過灞橋驛了吧？在那裡，幾十名最老練的騎手和最精良的馬匹已做好準備，他們一接到荔枝，便會發足狂奔，沿著筆直的大道跑上二十五里，直入春明門，送入鄰近的興慶宮。

當然，這只是計算的結果。究竟現在荔枝是什麼狀況，能不能及時送到，李善德也不知道。

能做的，他都已經做了。接下來，只剩等待。

他吃力地從懷裡拿出一軸泛黃的文卷，就這麼靠著石碑，入神地看起來，如老僧入定，如翁仲石像。大約在午正時分，耳膜忽然感覺到震動，隆隆的馬蹄聲由遠及近。李善德緩緩放下文卷，轉動脖子，渾濁的瞳孔中映出東方大道盡頭的一個小黑點。

那個小黑點跑得實在太快，無論是馬蹄掀起的煙塵、天頂拋灑下的陽光，還是李善德的視線，都無法追上牠的速度。轉瞬之間，黑點已衝到春明門前。

一騎，只有一騎。

騎手彎著脊背，全力奔馳。馬背上用細藤筐裝著兩個甕，甕的外側沾著星星點點的汙漬，與馬身上的明亮轡頭形成鮮明對比。

李善德數得沒錯，只有一騎，兩罈。

後面的大道空空蕩蕩，再沒有其他騎手。

從嶺南到長安之間的漫長驛路上，九成九的荔枝由於各種原因損毀了。從石門山浩浩蕩蕩出發的隊伍，最終抵達長安的，只有區區一騎，兩罈。罈內應該擺放著各種竹筒，筒內塞滿了荔枝。

至於荔枝到底是什麼狀態，只能聽天由命了。

飛騎沒有在李善德的視野裡停留太久，他一口氣跑到春明門前。春明門的守軍早已做好準備，二十面開城鼓同時擂響，平常絕不同時開啟的兩扇城門，罕見地一起向兩側打開。

在盛大的鼓聲中，飛騎毫不減速地一頭鑽進城門的縫隙。與此同時，城內更遠處也傳來鼓聲。一陣比一陣更遠，一浪比一浪更高，似乎興慶宮前的城門、宮門、殿門正次第敞開，迎接貴客的到來。

沒過多久，一陣悠揚的鐘聲也加入這場合奏，那是招福寺的大鐘，這種事他們可是從來不落人後。隨後鐘鼓齊鳴，樂音交響，所有的廟宇、道觀，所有的坊市都加入慶祝行列，整個城市陷入喜慶的狂歡。

李善德低下頭，倚靠著上好坊的殘碑，繼續專心閱讀眼前的文卷。他的魂魄已在漫長的跋涉中磨蝕一空，失去了對城牆內側那個綺麗世界的想像。

*

「良元，這次你做得不錯。」

楊國忠輕輕揮動月杖，把一個馬球擊出兩丈遠，正中一座描金繡墩。

李善德跪在下首，默然伏地一拜，襆頭邊露出幾縷白髮。在他的右腿旁邊，擺著一把粗劣的藤拐杖，與金碧輝煌的內飾格格不入。這裡是右相在宣陽坊的私宅，內中之豪奢難以描述。有資格來這裡述職的官員，在朝中不會超過二十個。

「你沒見到，貴妃娘娘看到荔枝送到時，臉上笑得多開心。全國送來的壽辰賀禮，都被這小小的一顆荔枝比下去了。」

李善德依舊沒有言語。

「要說那荔枝的味道，我吃了一顆，就那麼回事吧，不算太新鮮。不過聖人看中的是心意，貴妃娘娘高興，他就心滿意足了。」楊國忠放下月杖，用汗巾擦了擦額頭，「以後這鮮荔枝，怕是要成為每年的常例了，你得多用心。」

這一次，李善德沒有躬身應諾，而是沙啞著嗓子道：「下官可否斗膽問一件事？」

楊國忠笑了笑：「放心好了，荔枝使還是你。不過你本職品級確實太低，回頭我要吏部把你掛到駕部司去，以後再徐徐升上來，你莫要心急。」

李善德道：「下官問的，不是這個。」

楊國忠一怔，難道這傢伙是要討賞嗎？他忽然想起，招福寺的住持有意無意提過，說免去了李善德的香積貸。楊國忠忍不住冷笑一聲，真是改不了的窮酸命。

他正要開口，李善德先一步說道：「荔枝轉運，靡費非小。雖說右相曾言錢糧不必下官勞心，可下官始終有些惶恐。可否解惑一二？」

對這個要求，楊國忠倒是很能理解。他也是財貨出身，知道整天與數字打交道的人，如果搞不清楚哪怕一文錢的帳目走向，就渾身難受。何況……這也算是他的得意妙招，不說給懂行的人炫耀一下，未免有錦衣夜行之憾。

「反正日後也要你來管，不妨現在說說。」楊國忠背起手，緩緩踱步，「荔枝轉運的費用，其實頗有為難。從太府寺的藏署出並不合適，國用雖豐，自有法度，總要量入為出；而從大盈庫裡拿，等於是從聖人的錦袋裡掏錢，雖不是不行，但咱們做臣子的，非但不為陛下分憂，反而去討債，不是為臣之道。」

李善德的姿勢一動不動，聽得十分專注。

「所以在你奔忙轉運之際，中書門下也發下一道牒文，要求沿途的都亭驛館，所領長行寬延半年；附地的諸等農戶，按丁口加派白直徭役，准以荔枝錢折免。」

換了旁人，聽到這一連串術語只怕是一頭霧水，李善德卻聽得明明白白。各地驛站的日常維持經費，都是驛戶自己先行墊付。每三個月計帳一次，戶部按帳予以報銷，謂之「請長行」。長行寬延半年，意味著驛戶要多墊付整整六個月的驛站開銷，朝廷才會返還錢糧。這樣操作下來，政事堂的帳上便平白多了一大筆延付的帳。

至於驛站附近的農戶，他們除了負擔日常租庸之外，還得再服一期額外的白直徭役。沒人願意？沒關係，只消繳納兩貫荔枝錢，便可免除這項徭役。

「如此一來，國庫、內帑兩便，不勞一文而轉運饒足，豈不是比你那個找商人報效的辦法更好？」

楊國忠話音剛落，李善德已脫口而出：「下官適才磨算了一下。荔枝轉運路程四千六百里，所涉水陸驛站總計一百五十三處，每驛月均用度四十貫，半年計有三萬六千七百二十貫；每站附戶按四十計，一共有六千一百二十戶，丁口約萬人，荔枝錢總計兩萬貫上下。合計五萬六千七百二十貫。」

「好快的算計。」楊國忠眼睛一亮。

李善德又道：「本次荔枝轉運，總計花費三萬一千零二十貫，尚有兩萬五千七百貫結餘。」

楊國忠臉色猛地一沉：「怎麼？你是說本相貪瀆？」

「不敢，只想知道去向。」

「哼，自然是入了大盈庫，為聖人報忠。」

李善德欽佩道：「下官淺陋駑鈍，只想著怎麼找聖人要錢；而您事情做完，居然還幫聖人賺了錢，果然是右相有手段。」

這番恭維話楊國忠聽著總有點不自在，這小吏太不會講話，難怪在九品蹉跎了近二十年。他捋了捋鬍鬚，決定在李善德說出更難聽的話之前，終止這次會面。

不料李善德從懷裡拿出一卷泛黃的文卷，恭敬地擺在膝前的毯子上，肩膀一鬆，似乎剛剛做出一個重大決定。楊國忠嘴角一抽，不會吧？你一個明算及第的老吏，難道也想學人家投獻詩作？

李善德把文卷徐徐展開，裡面不是詩句，而是塗滿數字與書法拙劣的字跡。

「啟稟右相，這是昌江縣黃草驛的帳冊。他們在荔枝轉運期間逃驛，下官只收得帳冊回來。」

「這種小事交給兵部處理，該懲戒懲戒，該追比[90]追比，你拿給本相做什麼？」

「右相難道不好奇，他們為何逃驛？為何附近村落也空無一人？」

李善德見楊國忠保持沉默，翻開一頁，自顧自說起來：「這本帳冊上記得頗為清楚。黃草驛每月用度三十六貫四百錢，由附戶二十七戶分攤，每戶攤得一貫三百四十八錢。長行寬限半年，等於每戶平白多繳八貫，再加上折免荔枝錢，每戶又是兩貫。」

他的聲音不知不覺提高：「這些農戶俱是三等貧戶，每年常例租庸調已苦不堪言。下官找到的那個村落，家無餘米，人無蔽衫，連扇像樣的屋門板都沒有。如今平白每戶多了十貫的負累，要驛長如何不逃？村落如何不散？」

楊國忠愕然地瞪著他，沒料到這小官居然會這麼說……不，是居然敢這麼說。

「原本我在預算裡，特意加進了貼直錢，予以驛戶補貼。沒想到您妙手

90　追比，意指在時限過後，繼續追討當事人該完成的工作或是該交付的稅金等。

一翻，竟又從中賺了錢。內帑固然豐盈，這驛戶的生死，您就不顧了嗎？」

「哼，只是個案罷了，又不是個個都逃。李善德，你到底想表達什麼？」

「右相可知道，為了將這兩甕新鮮荔枝送到長安城，在嶺南要砍毀多少樹？三十畝果園，兩年全毀！一棵荔枝樹要長二十年，只因為京城貴人們吃得一口鮮，便要受斧斤之斫。還有多少騎手奔勞涉險，多少牧監馬匹橫死，多少江船槳櫓折斷，又有多少人為之喪命？」

楊國忠的表情越發不自然，他強壓著怒氣喝道：「好了，你不要說了！」

「不，下官必須說明白，不然右相還沉浸其中，不知其理！」李善德彎著身子，壓抑了近二十年的力量，從瘦弱的身軀裡爆發出來，令堂堂衛國公一時動彈不得。

「右相適才說，不勞一文而轉運饒足，下官以為大謬！天下錢糧皆有定數，不支於國庫，不取於內帑，那麼從何而來？只能從黃草驛、嶺南荔園榨取，從沿途附戶身上徵派。取之於民，用之於上，又談何不勞一文？」

「你……你瘋了！」楊國忠揮起月杖，狠狠砸在李善德頭上，登時打出一道深深的血痕。

李善德不避不讓，目光炯炯：「為相者，該當協理陰陽，權衡萬事。荔枝與國家，不知相公心中到底如何權衡，聖人心中，又覺得孰輕孰重？」

月杖再次揮動，重重地砸在李善德胸口。他仰面倒下，口中噴出一口血。

「滾！滾出去！」

楊國忠手持月杖，青筋暴起，眼角赤紅，感覺呼吸都是燙的。多少年來，還是第一次有人敢當著他的面這麼說話，這傢伙簡直是瘋了。連李善德自己都沒有察覺到，這股怒意不甚精純，其中夾雜著絲絲縷縷說不清的情緒，也許是羞惱，也許是畏懼，也許還有一點點驚慌。

李善德勉強從茵毯上爬起身，先施一禮，把銀牌拿出放在面前，然後拄起拐杖，一瘸一拐離開了金碧輝煌的內堂，離開這間「棟宇之盛，兩都莫比」[91]的偌大楊府，離開宣陽坊，朝自己家的方向蹣跚而去……

兩日之後，韓洄與杜甫忽然被李善德叫去西市喝酒，還是那一家酒肆，還是那一個胡姬，只是酒味濃烈了許多。因為人人都知道，京城出了個能人，有神行甲馬，能把新鮮荔枝從幾千里之外一夜運到京城。貴妃聞之，笑得明

91 出自《舊唐書》的記載。

豔無儔。

他們本以為李善德是為慶賀升官，誰知他把自己與楊國忠的對話講了一遍。聽完之後，兩人俱是大驚失色。

韓十四顫聲道：「我說怎麼這兩天彈劾你的文書變多了，還以為樹大招風，引來嫉妒而已，沒想到卻是你開罪了右相……」

杜甫不解道：「良元立下大功，能有什麼罪過被彈劾？」

「嶺南朝集使彈劾你私授符牒，勾結奸商；蘭臺那邊彈劾你貪瀆坐贓，暴虐奴僕；戶部也收到地方投訴，說你強開冰庫，巧取豪奪。就連我們比部司，都受命要去勾檢你從上林署預支三十貫驛使錢的事。」

韓洄扳著手指，一樣樣細數。杜甫露出難以置信的表情，他心思單純，沒想到那些人會巧立出這麼多罪名。

李善德反倒極為平靜：「我這幾日好好陪了陪家人，物事也都收拾好了，自辯表也寫好了，只待他們上門拿人。這次叫兩位來喝酒，一來是感謝平日照顧提點之恩，二來是代我照顧下家人。」

杜甫激憤難耐，從席間站起身：「良元，你為民直言，何罪之有？我去上書，跟聖人說去！」

韓洄一把將他拽回去：「老杜啊，別激動，你只是個兵曹參軍，不是拾遺[92]啊，哪來的許可權……」杜甫反覆起坐數次，顯然內心澎湃至極。

韓洄勸住了這邊，又看向李善德：「可我還是不明白，良元兄你這麼多年汲汲於京城置業，眼看多年夙願得償，怎麼卻自毀前途？」

李善德拿起酒杯，玩味地朝廊外簷角望去，那裡掛著一角湛藍色的天空，顏色與嶺南無異。

「我原本以為，把荔枝平安送到京城，從此仕途無量，應該會很開心。可我跑完這一路下來，卻發現越接近成功，我的朋友越少，內心越愧疚。我本想和從前一樣，苟且隱忍，也許很快就會習慣了。可是我六月一日那天，靠在上好坊的殘碑旁，看著那荔枝送進春明門，卻發現自己竟一點都不高興，只有滿心的厭惡。那一刻，我忽然明悟了，有些衝動是苟且不了的，有些心思是藏不住的。

「我為你們講過那個林邑奴的故事吧？他一世被當作牲畜，拚死一搏，賺

92 拾遺，唐朝諫官。

得作為一個人的尊嚴。我其實很羨慕他。我在京城憋屈了十八年，如老犬疲騾，汲汲營營。我今年四十二歲，到底是憋不住了，也是時候爭取一下自己想要的生活了。子美，你那一組〈前出塞〉，第二首固然不錯，但我還是喜歡最後一首多些。」

他拍著案几，曼聲吟道：「從軍十年餘，能無分寸功。眾人貴苟得，欲語羞雷同。中原有鬥爭，況在狄與戎。丈夫四方志，安可辭固窮。」最後兩句，他重複了數次，拍得酒壺裡的酒都灑了出來。

對面兩人一陣沉默，杜甫忽然開口道：「這次若是良元事發，有司會判什麼結果？」

韓洄沉思片刻，艱難開口：「這個很難講，要看右相的憤恨到什麼地步。他有心放過，罰俸便夠了，若一心要找回面子，五刑避四也不奇怪。」

唐律計有五刑：笞、杖、徒、流、死。韓洄說五刑避四，其意不言而喻。

李善德大笑，神情舒展：「今日不說這個，喝酒，喝酒。對了，我還有一件小事相託。」說完他從腰間拿出一個繡囊，擲到桌上，聽聲響裡面似乎有不少珠子。

「這是海外產的珍珠額鏈，你們兩位拿著，空閒時幫我買些長安的好酒，尤其是蘭桂芳，多買幾罈，看是否有機會運去嶺南。」

兩人如何聽不出這是託孤，正待悶悶舉杯，忽然酒肆外進來一人。李善德定睛一看，竟是當初替馮元一傳話的那個小宦官。

小宦官走到李善德面前，仍是面無表情：「今日未正，金明門。」然後轉身離開。

三人面面相覷，不知道這又是哪一齣。金明門乃是興慶宮西南的宮門，牆垣之上即是花萼相輝樓，這是要做什麼？

李善德雖然一頭霧水，卻不敢不信。上一次這位「馮元一」要他去招福寺，結果賺得楊國忠的信任，荔枝轉運才得以落實，這一次不知又安排了什麼。

杜甫擔心道：「會不會是右相的圈套？」

韓洄卻說：「右相想弄死良元兄，只怕比踹死螞蟻還容易，用得著這麼陷害嗎？」

兩人對視一眼，不約而同地一拍案几，對李善德道：「我們陪你去！」

算算時辰，如今未初快過。三人結了酒錢，匆匆朝金明門趕去。上一次是招福寺招待衛國公觀龍霞，被李善德撞見，這次金明門附近應該也有什麼活動，與他密切相關。

韓洄與杜甫左右打聽，發現這裡今日居然有觀民之儀。所謂「觀民」，是指聖人每月都會登上勤政務本樓與花萼相輝樓，向下俯觀，取個體恤庶民、與民同樂之意。而聚在樓下的百姓，雖然要保持叩拜之姿，但趁身子抬起的瞬間，也能偷偷瞻仰一下龍顏。

今日聖人登花萼相輝樓，百姓都在金明門前聚齊，萬頭攢動，少說也有千人之數。可三人仍是不解，「馮元一」的意思難道是直接叩闍面聖？怎麼可能？觀民之時，禁衛戒備最為森嚴，根本連牆垣都無法靠近。何況聖人高居樓頂，你在下面喊什麼，也難及聖聽。

未正時分很快到了，禁衛出面維持秩序。他們三個人都有官身，自然不會與百姓擠在一起，而是被安排在最前面一排，跟其他小官員聚在一塊。放眼望去，一片青綠袍衫[93]。

六品以上的官員，有的是機會近睹龍顏，不必跑到這裡。只有七品以下

93 青綠袍衫：唐朝官袍顏色依品級區分，貞觀以後，三品以上為紫色，四品深緋，五品淺緋，六品深綠，七品淺綠，八品深青，九品淺青。

的，才會借這個機會露一露臉，說不定聖人獨具慧眼，就挑中自己了呢。

等了約莫一炷香，花萼相輝樓上出現人影。禁軍的呼喝連成一片，在場百姓紛紛跪伏，以額貼地。禁軍對官員們的要求稍微鬆一些，這裡不是朝會，只要立行大禮即可。

李善德行罷了禮，仰起頭，看到花萼相輝樓的最高一層，有一男一女憑欄而立。距離太遠，看不清面容，但從衣著和周圍侍者的態度來看，應該就是聖人和貴妃。

他的心臟跳得比剛才快了一些，這是李善德第一次親眼見到這對全天下最著名的伉儷。

聖人與貴妃相當恩愛，兩人並肩俯瞰，不時朝下面指指點點，意趣頗足。此時有第三個人影靠近，身材有些肥胖，手裡還持一柄拂塵，肯定是個宦官。這宦官到了兩人面前，朝下面一指，李善德發現他指的方向正是自己，而貴妃的視線，也隨之看了過來。

他連忙垂下頭，不敢以目光相接。

樓上三人嘀嘀咕咕，不知說些什麼。過不多時，忽然有使者從樓上奔至城頭，用嘹亮的嗓門喊道：「賞嘉慶坊綠李一籃！」

百姓和官員的隊伍一時有些混亂。嘉慶坊遠在洛陽，那裡出產的綠李極為鮮嫩。雖不及荔枝出名，京中能吃到的人也不算多。聖人居然在觀民之際發下賞賜，不知是哪個幸運兒拿到。

使者將籃子從城頭垂吊下來，由禁軍小校直接送到李善德面前。周圍的官員無不面露羨慕與嫉妒，還有人打聽這人到底是誰，竟蒙聖人御賜水果。

一直到觀民之禮結束，眾人散去，再沒發生其他怪事。李善德站在街頭提著水果籃，有點哭笑不得，那馮元一就為了發點水果給他嗎？可他看向韓十四，卻發現對方雙目發亮，連連拍著自己的肩膀。

「怎麼回事？」

「良元兄，這次你可以放心了！」

「別賣關子了，到底怎麼回事？」杜甫比李善德還急切。

「嘿嘿，我竟忘了是他。」韓洄不肯當眾打破這盤中啞謎，扯著兩人來到一處僻靜的茶棚下。他丟出三枚銅錢，喚老嫗用井水把李子洗淨，拿起來唷嚓一咬，綿軟酸甜，極解暑氣。

其他兩人哪有心思吃李子，都望著他。韓洄笑道：「我問你們，這個馮元一之前讓良元兄去招福寺，目的是什麼？」

「阻止魚朝恩搶功，保下荔枝轉運的差遣。」

「良元兄與他素昧平生，他卻出手指點，為的是什麼？或者說，他能從中得到什麼？」

兩人陷入沉思，李善德遲疑道：「讓魚朝恩吃癟？」

韓洄一拍茶案：「不錯！魚朝恩近年來竄升很快，頗得青睞，你看這次貴妃誕辰，正是由他出任宮市副使，難免有人看不順眼。」

「可宮裡那麼多……」

「你們別忘了，這人只用一個名字，就讓楊國忠迫使自己的副使吐出功勞，面子極大。這樣的人，在宮裡能有幾個？」

李善德回想起今日在花萼相輝樓上看到的第三人，不由得「啊」了一聲，原來是他？高力士？杜甫也很快反應過來，可仍是不解：「他就為了攔一下魚朝恩？」

「荔枝轉運這個功勞，右相自己都忍不住要拿去，遑論別人……」韓洄說到這裡，忽然眉頭一皺，細思片刻，神情一變。

「不對！荔枝這件事，也許最早就是從高力士那裡來的！」

李善德與杜甫對視一眼，都很迷惑。韓洄懊惱地猛拍自己腦袋：「真是的，我怎麼連這麼大的事都忘了！早想起來，良元兄便不必吃這麼多苦了！」

「到底怎麼了？」

「高力士本來不姓高，而是姓馮，籍貫嶺南潘州，入宮後才改了名字。」這句話驚醒了其他兩人。高力士名氣太大，反而很少有人知道這段過往，只有韓洄這種人才會感興趣。原來，他竟也是嶺南人。

難怪聖人特別言明一定要嶺南出產的荔枝，源頭竟在這裡。大概是高力士向貴妃誇口家鄉荔枝如何可口，才有了後面這一堆麻煩。

再想想方才花萼相輝樓上的情景，韓洄忍不住擊節讚嘆：「高明！真是高明！」

「我聽說他名聲很是忠厚。把良元叫來金明門前，大概是念在良元如此拚命的分上，略做迴護吧？」杜甫猜測。

「也對，也不對。」韓洄又拿起一顆李子，「他把良元兄叫過來，只為了在貴妃耳畔點一句：樓下那人，就是把新鮮荔枝運來長安的小官。如此一來，聖人和貴妃便知道了——哦，原來這人竟是他安排的。」

說到這裡，韓洄滿臉笑容地朝李善德一拱手：「但無論如何，良元兄的量刑一定會削薄數層，不必擔心有斧鉞之危了。御賜的這一籃水果，雖不是什麼紫衣金綬，可也比大唐律令厲害多了。」

「為什麼？」

「聖人剛打賞過的官員，你們轉頭就判斬刑？是暗諷聖人識人不明嗎？」

李善德震驚得半天沒說話，這其中的曲曲折折，真是比荔枝轉運還複雜。高力士的手段好高明，兩次模糊不清的傳話，一次遠遠地手指，便在不得罪右相的情況下攬走一部分功勞，又打壓了魚朝恩，至於救下自己，不過是順手而為。用招之高妙，當真如羚羊掛角，全無痕跡。

能在聖人身邊服侍這麼久依舊聖眷無衰，果然是有理由的。

李善德心中略感輕鬆，可又「嘿」了一聲。當初貴妃要吃新鮮荔枝，所有人都裝聾作啞，一推二讓，一直到自己豁出性命試出轉運之法，各路神仙才紛紛下凡，也真是現實得很。

他奔忙一場，那些人若心存歹意，自己已死無葬身之地；若尚念一分人情，抬手也便救了。生死與否，皆操於那些神仙，自己半點無法掌握，直如柳絮浮萍。

這種極其荒謬的感覺，讓他忍不住生出比奔走驛路更深的疲憊。此事起於貴妃的一句無心感嘆，終於貴妃的一聲輕笑。自始至終，大家都圍繞著貴妃極力兜轉，眼中不及其餘。至於朝廷法度，就像是個蹩腳的龜茲樂班，遠遠隔著一層薄紗，為這盛大的胡旋舞伴奏。

李善德搖了搖頭，拿起一顆李子奮力咬下去。他運氣不太好，籃中這一顆還沒熟透，滿嘴都是酸澀味道。

*

三日之後，朝廷終於宣布了對他的判決：「貪贓上林署公廨本錢三十貫，杖二十，全家長流嶺南。」

明眼人都看得出來，這個判決頗具匠心。所有涉及荔枝轉運的彈劾罪狀，一概不提，只拿一個貪贓差旅錢的罪名出來。若依唐律，貪贓區區三十貫竟要全家長流，判決明顯偏重；若依右相心情，判決又明顯偏輕。可見是經過一番博弈，各有妥協。

一個因從嶺南運荔枝而犯事的官員，居然被判處長流嶺南。招福寺的大師在一次法會上說此是因果輪迴，報應不爽，唯有恭勤敬佛，方可跳出輪迴。

李善德一家就此徹底告別長安城的似錦繁華，這在上林署同僚的眼裡，只怕比死還痛苦。「那個蠢麃子，放著京城的清福不享，去那種瘴氣彌漫的鬼地方，明年他就會後悔的。」劉署令恨恨地評論道。

李善德自己倒很是淡定，能避開殺頭已經很幸運了，不必奢求更多。他把歸義坊那所還沒機會住的宅子賣掉，買了一輛二手牛車，還換了一批耐放的酒，在六月底的一個清晨，帶著夫人孩子平靜地從延興門離開。全城沒人知道這一家人離去，只有韓十四和杜甫前去灞橋告別。

「子美，你的詩助我良多，要繼續寫下去啊，未來說不定能有大成。」李善德諄諄叮囑道。

杜甫泣不成聲，挽起袖子要為他寫一首送別詩，李善德卻攔住他。

「我不懂詩，為我寫浪費了。下次韓十四回老家，你為他寫好了。」

「莫咒人啊。長安城這麼舒服，我可不要離開。」韓洄笑道。

辭別二人，李善德一家坐著牛車緩緩上路。從京城到嶺南的這條路，他可謂輕車熟路，但這還是他第一次有閒暇慢慢欣賞沿途景致。一家人走走停停，足足花了四個月，才總算抵達嶺南。

嶺南這個地方流放的官員實在太多，沒人關注這個從九品下的落魄小官。趙辛民把他判去石門山幽居，並暗示是朝裡某位大人物的授意。

*

一轉眼，一年過去。

「李家大嫂，來喝荔枝酒啦。」

阿僮甜甜地喊了一聲，把肩上的竹筒往田邊一放。李夫人取出兩個木碗，旋開筒蓋，汩汩的醇液很快便與碗邊平齊。

阿僮又從懷裡取出兩個黃皮，遞給李夫人身旁的小女孩。小女孩不去接黃皮，卻過去一把抱住阿僮肩上的花狸，揉牠的肚皮。花狸有些不太情願，但也沒伸出爪子，只是嘴裡哼哼幾聲。

遠處的田裡，一個人正揮汗如雨地攪拌著漚好的糞肥，雖然他一條腿是瘸的，卻幹勁十足。他正要把肥料壅培到每一根插在地上的荔枝樹枝下。這些枝上皆有一處臃腫，好似人的瘤子，還用黃泥裹得嚴絲合縫，已隱隱生出白根毛。如果培育得法，枝條很快就能扎根。

阿僮朝那邊眺望了一眼，轉身要走。李夫人笑道：「都一年了，妳還生他的氣啊？既是朋友，何必這麼計較？」

「哼，等他把答應我的荔枝樹一棵不少地補種完，生出葉子來再說！」阿僮哼了一聲，又好奇地問道，「你們從那麼好的地方跑來這裡，妳難道一點都不怪那個城人？」

李夫人撩起額髮，面色平靜：「他就是這樣的人，我也是因為這個當初才會嫁給他。」

「啊？他是什麼樣的人？」

「好多年前，我們一群華陰郡的少男少女去登華山，爬到中途我的腳踝扭了，一個人下不去，需要人背。你知道華山那個地方險峻，背著一個人下山，極可能摔下萬丈深淵。那些願為我粉身碎骨的小夥子都不吭聲，因為這次真的可能粉身碎骨。只有他一言不發，悶頭把我背起來，然後一路走下山。我問他怕不怕，他說怕，但更怕我一個人留在山上沒命。」李夫人說著說著，不由得笑起來，「他這個人哪，笨拙，膽小，窩囊，可一定會豁出命去守護他珍視的東西。」

阿僮挑挑眉毛，城人居然還幹過這樣的事，看來無論什麼爛人都有優點。

「其實他去找楊國忠之前，跟我袒露過心聲。這一次攤牌，一家人注定在長安城待不下去。只要我反對，他便不會去跟右相攤牌。可這麼多年夫妻，我一眼就看出他內心的掙扎。他是真的痛苦，不是為了仕途，也不是為了家人，僅僅是為了一個道理，愁得頭髮全白。十八年了，他在長安為了生計奔走，其實並不開心。如果這麼做能讓他心安，那便去做好了。我嫁的是他，又不是長安。」

李夫人看向李善德的背影，嘴角露出少女般的羞澀。

阿僮歪了歪腦袋，對她的話不是很明白。她還想細問，忽然看到李善德手持木鏟從田裡走過來，她趕緊一甩辮子，迅速跑開了。過不多時，李善德滿頭大汗地走過來，接過夫人遞來的酒碗，咕嚕咕嚕一飲而盡。

好酒！

這可不是米酒兌荔枝漿，而是扎扎實實發酵了三個月的荔枝果酒。

李善德放下碗，靠著田埂旁的一塊石碑緩緩坐下。雖然小臂痠痛，渾身大汗，卻暢快得很。他把碗裡的殘酒倒在碑下的土裡，似是邀人來喝。

這石碑只刻了「義僕」二字，其他裝飾文字還來不及刻，經略府便取消了立碑的打算。李善德索性把碑扛回來，立在園旁作伴。

他為石碑倒完酒，凝望著即將成形的荔枝園，黝黑的臉龐浮現幾絲感慨。

這一年裡，李善德在石門山下選了一塊地，挽起袖子從一個刀筆吏變成荔枝老農，照料阿僮的果園，順便補種荔枝樹贖罪。他日出而作，日落而息，叩石甃壞，完全不理睬世事。唯一一次去廣州城，是請港口的胡商為不知身在何處的蘇諒捎去一封信。

「有點奇怪啊！」

李善德暗自嘟噥了一句。他雖然不問世事，但官員的敏銳度還在。荔枝在去年成功運抵京城之後，變成了常貢，轉運法也很成熟，按道理今年朝廷五月就該催辦新鮮荔枝了，可現在都七月中了，怎麼沒見城吏下鄉過問？

這時，他聽見一陣馬蹄敲擊地面的聲音，便示意夫人和女兒抱著花狸躲去林中，然後站起身。

只見頂著兩個黑眼圈的趙辛民帶著一大隊騎兵，匆匆沿著官道朝北方而去。他注意到路邊這個荔枝農有點眼熟，再定睛一看，不由得勒住轠繩，愕然問道：「李善德？」

「趙書記。」李善德拱手施禮。

「你現在居然變成這樣……呵呵。」趙辛民乾笑兩聲，不知是鄙夷還是同情。

「趙書記若是不忙，不妨到田舍一敘。新釀的荔枝酒委實不錯。」

「你還真把自己當成陶淵明啊……外頭的事一點都不知道？」

「怎麼？」

趙辛民手執韁繩，面色凝重：「去年年底，安祿山突然在范陽起兵叛變，一路東進，朝廷兵馬潰不成軍。不過半年多，洛陽、潼關相繼失陷。經略府剛剛接到消息，如今連長安也淪陷了！」

「啊？」酒碗從李善德的手裡墜到地上，「何至於，長安……怎麼會淪陷？那聖人何在？」

「不知道。朝集使最後傳來的消息，說聖人帶著太子、貴妃、右相，棄城而走，如今應該到蜀中了吧？」

李善德僵在原地，像被丟進上林署的冰窖裡。長安就這麼丟了？聖人走了，闔城百姓如何？杜子美呢？韓十四呢？他嚥了嚥唾沫，還想拉著趙辛民詢問詳情。趙辛民卻不耐煩地一夾雙鐙，催馬前行。剛跑出去幾步，他忽又勒住韁繩，回過頭看向這個鄉野村夫，神情複雜：「你那回若不作死，怕是如今還在長安做荔枝使——真是走了狗屎運呢。」

趙辛民一甩馬鞭，再次匆匆上路。天下將變，所有的節度使、經略使都忙碌起來，他可沒時間跟一個農夫浪費口舌。

李善德一瘸一拐地回到荔枝林中，自腰間取出小刀，從樹上切下一顆無比碩大的丹荔，這是園中今年結出最大的一顆，碩大圓潤，鱗皮紫紅。他把這顆荔枝剝出瓤來，遞給女兒。

「阿爺不是說，這個要留著做貢品，不能碰嗎？」女兒好奇地問。

李善德摸摸她的頭，沒有回答。女兒開心地一口吞下，甜得兩眼發亮。

他繼續把樹上的荔枝全摘了下來，堆在田頭。這些都是上好的荔枝，不比阿僮種的差，本來是作為貢品留在枝頭上的。他緩緩蹲下，一顆接著一顆地剝開，一口氣吃下三十多顆，直到實在吃不下才停止。

當天晚上，他病倒了。家人趕緊請來醫生診治，說是心火過旺，問他可有什麼心事，李善德側過頭，看向北方，擺了擺手。

「沒有，沒有，只是荔枝吃得實在太多啦。」

——《長安的荔枝》全書完

後記

這篇文章的緣起，要追溯到我寫《顯微鏡下的大明》。當時我閱讀了大量徽州文書，在一份資料裡看到一個叫周德文的歙縣人的經歷。

那時朱棣決定遷都北京，便於永樂七年（一四〇九年），從南方強行遷移了一批富戶，其中包括歙縣一戶姓周的人家，戶主叫周德文。周德文一家被安置在大興縣，他充任廂長[94]，負責催辦錢糧、辦理公事，去全國各地採購各種建築材料，支援新京城的建設。

這份工作十分辛苦，他「東走浙，西走蜀，南走湘、閩，舟車無暇日，積貯無餘留，一惟京師空虛、百職四民不得其所是憂，勞費不計。凡五六過

94 廂，是指城市近郊的區域；廂長，則為此區域的行政主管。

門，妻孥不遑顧」。周德文作為負責物資調度的基層小吏之一，因為太過勞碌，病死在宛平縣德勝關。

周德文的經歷很簡單，沒什麼戲劇性，但每次讀史書我總會想起他。如果你用周德文的視角去審視史書上每一件大事，你會發現，上頭一道命令，下面的人得忙碌半天，有大量瑣碎的事務要處理。光是設身處地想像一下，頭髮都會一把一把地掉。

漢武帝雄才大略，一揮手幾十萬漢軍精騎出塞。要支撐這種規模的調動，負責後勤的基層官吏會忙成什麼樣子。明成祖興建北京、遷出南京、疏通運河，可謂手筆豪邁，但這幾項大工程背後，是多少個周德文辛苦奔走。

一將功成萬骨枯，其實一事功成也是萬頭皆禿。諸葛亮怎麼死的？還不是因為他主動把「罰二十以上，皆親擥（攬）焉」[95]的苛刻繁瑣庶務全攬過去自己做，才會生生累薨。

所以說，千古艱難唯做事，一事功成萬頭禿。沒有人能隨隨便便成功。

95 出自《三國志．蜀書》記載。

可惜史書對這個層面，關注得實在不夠多。

疫情期間，我看了幾部日本電影：《浪人四七愁錢中》、《武士搬家好吃驚》、《超高速！參勤交代》、《殿下萬萬稅》等，其中的共同特點是以基層人員的角度去審視歷史事件，與我最近幾年的想法不謀而合。當時我就在想，中國古代一定也有類似的素材，我構想了好幾個，只是沒時間寫。

二〇二〇年五月三十一日，一個朋友發微博說：「楊貴妃要是馬嵬坡沒死真的逃到日本，是不是再也吃不到荔枝了？」我一下子靈感勃發，果斷放下其他工作，試著把「一騎紅塵妃子笑」用周德文式的視角解讀。

這是一次久違的計畫外爆發，寫得格外酣暢，既不考慮知識的詛咒，也不顧慮讀者感受，甚至不考慮出版的事，想怎麼寫就怎麼寫。從動筆到寫完，恰好是十一天，和李善德的荔枝運送時間相同。

要特別感謝于賡哲老師和天冬、沙漠豪豬老師，前一位指引我查找文獻的方向和建議，後兩位則在博物學方面提供了專業意見。本來我作為感謝，要將他們都寫入文中，然而他們聽了我的創作理念後，果斷轉了五塊錢過來，以換取不出場。啊，靠雙手的辛勤勞動來賺取酬勞真開心啊！

與之相對的，我還有一個住在廣州的好朋友，叫趙辛民，感情好到不用談錢，我們的情誼你們也看到了。

另外要表揚半枝半影同學，我本來只打算寫四章，但她看完第一章後，斷言這個故事架構沒有六章不能盡興。果然如她所料，真是目光如炬。

楊貴妃吃的荔枝到底從何處而來，歷來有三種說法：嶺南、福建，以及四川涪州。關於這三者的辨析，很多學者已著有專業文章闡述，如于賡哲老師的〈再談荔枝道：楊貴妃所吃荔枝來自何方〉、惠富平及王昇的〈奇果標南土——中國古代荔枝生產史〉等，這裡就不贅述了。

晚唐有一位名叫袁郊的人，其所撰《甘澤謠》中講述了一個故事：「天寶十四載六月一日，貴妃誕辰，駕幸驪山，命小部音聲，奏樂長生殿。進新曲，未有名。會南海獻荔枝，因名〈荔枝香〉。」

在所有的唐代荔枝史料中，這是最具畫面感的。小說非論文，便任性地採用了這個說法，順便把天寶十四載六月一日這個設定也用進去。只可惜我對驪山實在沒興趣，所以還是讓貴妃在城裡直接過生日了……

關於嶺南荔枝道的路線，我是以鮑防[96]的〈雜感〉和清代吳應逵《嶺南荔

96 鮑防，唐朝政治人物暨詩人。

枝譜》裡提供的路線為參考，綜合衛星地圖研判而成。至於文中所提及的諸多保鮮方式，皆取自宋代到清代的各種記載，如甕裝蠟封、隔水隔冰、竹籜固藏、截枝入土、小株移植等。考慮到中國古代科技發展差異不大，唐朝縱使無記載，也並非不可能實現。

主角的來歷，是我在一本敦煌寫經[97]卷子的末尾名錄裡，找到的一位武則天時代的「司農寺上林署令李善德」，職位差不多，名字風格也相符，索性拽他到天寶末年來客串。

最後說個好玩的事。林嗣環[98]在《荔枝話》中提到福建有個風俗：「荔熟時，賃慣手登採，恐其恣啖，與之約曰：『歌勿輟，輟則弗給值。』」意思是說，為了防止摘果工人偷吃，雇主會要求他們一邊唱歌一邊摘。我乾脆把這個風俗挪到峒人頭上了。

馬伯庸

97 敦煌寫經，或稱敦煌文獻、敦煌文書，即一九〇〇年於敦煌藏經洞中發現的手抄書，多為佛經。時間橫跨魏晉南北朝、隋唐五代至宋元。

98 林嗣環，清朝文學家。

高寶書版集團
gobooks.com.tw

DN286
長安的荔枝

作　　者　馬伯庸
特約編輯　余純菁
助理編輯　林子鈺
封面設計　林政嘉
地圖設計　黃馨儀
內頁排版　賴姵均、彭立瑋
企　　劃　何嘉雯

發 行 人　朱凱蕾
出　　版　英屬維京群島商高寶國際有限公司台灣分公司
Global Group Holdings, Ltd.
地　　址　台北市內湖區洲子街88號3樓
網　　址　gobooks.com.tw
電　　話　(02) 27992788
電　　郵　readers@gobooks.com.tw（讀者服務部）
傳　　真　出版部(02) 27990909　行銷部 (02) 27993088
郵政劃撥　19394552
戶　　名　英屬維京群島商高寶國際有限公司台灣分公司
發　　行　英屬維京群島商高寶國際有限公司台灣分公司
初版日期　2023年5月

國家圖書館出版品預行編目(CIP)資料

長安的荔枝/馬伯庸著. -- 初版. -- 臺北市：英屬維京群島商高寶國際有限公司臺灣分公司, 2023.05
冊；　公分

ISBN 978-986-506-716-8(平裝)

857.7　　112005394